Cachondas

Cachondas

Relatos eróticos de humor

Varias autoras

Primera edición: octubre de 2021
Primera reimpresión: noviembre de 2021

LES Editorial pertenece a Letras Raras Ediciones, S. L. U.
www.leseditorial.com
info@leseditorial.com

ISBN: 978-84-17829-54-4
IBIC: FP, FRD, DQFP

«El erotismo es una de las bases del conocimiento
de uno mismo, tan indispensable como la poesía».

ANAÏS NIN

¿Quieres escuchar la banda sonora de esta historia?

Índice

Prólogo

En la antología *Cachondas* se recogen los relatos finalistas de la I Convocatoria de Relatos Eróticos de Humor de LES Editorial. He tenido el honor de participar como jurado en la selección de los nueve relatos que encontrarás en las siguientes páginas y, además, me propusieron escribir este prólogo que estás leyendo.

Humor y erotismo, de eso va este libro, y me pregunto a veces qué tienen en común para quedar tan bien juntos. ¿Serán las endorfinas? ¿Las risas son excitantes?

Esta mezcla será la que encontraréis concentrada en distintos porcentajes en los relatos que leeréis a continuación y no se me ocurre otra forma para introducirlos que mediante un relato.

***

«Tienes que relajarte».

Se había convertido en su mantra de los últimos cinco minutos, pero no hacía efecto solo usar su voz. Observó preocupada a Laura, no estaba pasándolo bien y podía notar lo angustiada y tensa que se sentía.

—No consigo relajarme. Es tu culpa, ¡es tu culpa! —le echó en cara y ella alzó las cejas.

—¿Perdona? —preguntó indignada—. «Más arriba, Lola, más... ¡más!» —la imitó, pero se llevó una mirada cabreada de su pareja.

A ella se le escapó una sonrisa.

—Eres gilipollas —le dijo, tapándose la cara con las manos e inspirando profundamente.

—No te pelees conmigo, solo vas a conseguir que te moleste más. Tienes que relajar el músculo y ya verás que todo pasa.

—Qué fácil es decirlo, tú que estás tan tranquila ahí, sin nada en las entrañas que puede matarte.

Soltó una risita mientras le acariciaba el pelo.

—No va a matarte. Si te relajas, saldrá solo.

Laura soltó un gruñidito frustrada y cerró los ojos antes de inspirar hondo. Volvió a sonreír, porque era algo que le encantaba en ella. Llevaban juntas más de quince años y podía afirmar que estaba tan enamorada como siempre, e incluso más. Podía decir miles de cosas que destacar sobre su mujer, pero sus imperfecciones eran algo que le encantaba, aunque discutieran de vez en cuando por ellas. ¿No eran lo que hacía a una persona más humana?

—Laura, cariño... —dijo tranquilamente y colocó su puño frente a su cara—. Esto es tu vagina, hasta que no lo sueltes —destensó los dedos y abrió la palma de tu mano— no va a salir. Imagínate en una playa...

—Ya lo sé, ya lo sé —la interrumpió—. Me cuesta no pensar en otra cosa que no sea que se va a quedar ahí dentro.

—Vamos a urgencias —insistió por tercera vez.

—Me muero de la vergüenza si voy a urgencias por esto.

—Si quieres, hacemos meditación... ¡o yoga!

—No tengo otra cosa mejor que hacer.

—¿Escribimos una carta en voz alta a un exnovio o una exnovia cagándonos en todo?

—No me apetece.

Observó la habitación y vio el libro que estaba leyendo en ese momento y se lo mostró sonriente, en la portada se podía leer *Cachondas*.

—Esas historias son estúpidas, Lola.

—No son estúpidas, es tu yo enfadada la que está hablando.

—No estoy enfadada, estoy asustada.

—¿Sabes? Despúes miraremos atrás y nos reiremos de esto.

—Quiero reírme ya —pidió, cerrando los ojos.

—La solución está en este libro. Puedo leerte algunos fragmentos... por ejemplo... —Lo abrió en una página cualquiera—. «Diviértete. Baila. Pero ten cuidado y no la elijas a ella». Menudo suspense —opinó adoptando un tono misterioso.

—No me gusta.

—Son historias divertidas.

—Ay, joder, vale, cuéntame alguna.

—Mira, una va de que en una Nochevieja dos amigas hacen una güija y...

—No me gusta la güija.

—Pero la historia es lo más.

—No, me da miedo.

—No tiene que...

—Lola, otra.

—Vaale... —aceptó—. Cagona. —Se puso a pensar mientras pasaba las páginas—. Dos abuelas cachondas en una residencia.

—¿En serio? —Alzó las cejas con sorpresa.

—Las abuelas follan. Cuando tú y yo tengamos esa edad también lo haremos como ellas... Juguetes nuevos y más grandes y tu vagina estará tan desgastada que no te pasará lo de ahora.

—Qué idiota eres.

Le gustó sacarle una sonrisa, por fin.

—En otra historia, la persona encargada de un *sex shop* lucha de forma épica con los juguetes de su tienda.

—Eso es ridículo.

—Pero cierto. Tienes que leerlo entero en realidad. —Entonces recordó una escena de uno de los relatos—. Se me ha ocurrido algo, en una de las historias que leí...

—No me cuentes más historias de esas —se quejó angustiada.

—Ya verás, esto seguro que funciona.

Se levantó de un salto de la cama, dispuesta a dar su espectáculo. Adoptó una postura de como si sostuviera un capote y comenzó a cantar.

—«Cuando llega la alegre mañana y la luna se escapa del río...».

—¿Qué haces? —preguntó, pero cuando la miró en mitad de su destartalado baile vio que Laura aguantaba una risa.

Siguió cantando y bailando de forma torpe sin dejar de ver cómo su chica le sonreía. La verdad es que era una situación ridícula, pero por ella haría todo, porque estar girando y moviendo los brazos de esa forma con las tetas dando botes para todos lados no le estaba resultando muy agradable.

—«Y ese toro enamorado de la luna, que abandona por las noches la maná...». ¡Olé! —Dio una vuelta sobre sí misma y entonces se percató de algo rosa que había entre las piernas de su pareja—. ¿Eso es el huevo?

Laura se sentó y lo vio también entre ellas antes de mirarla con los ojos brillantes.

—¿Cuándo se ha salido?

—No lo sé. Pero creo que ha sido gracias a Los Centellas... —Se inclinó y cogió el juguete maldito—. Dile adiós.

—Adiós.

—¿Ni un beso ni nada, vagina succionadora? Seguro que lo ha pasado mal ahí dentro.

Le acercó el juguete a los labios, pero Laura lo empujó de un manotazo y a ella se le resbaló, así que acabó en el suelo.

—Lola...

El tono que usó la hizo sonreír y le encantó verla con ese gesto alegre en el rostro, tanto que la besó en los labios rápidamente, por fin había sido liberada del huevo vibrador maldito.

O el huevo vibrador maldito había sido liberado por la temible vagina succionadora.

Todo era cuestión de perspectivas.

—Dime.

Lo dijo de forma coqueta e inclinándose de nuevo para besarla, dispuesta incluso a tumbarse sobre ella.

—Cuéntame esas historias.

Vaya, se esperaba continuar con la sesión en la que estaban antes de que el maldito vibrador viajara a las profundidades de su ser, pero ese cambio en el guion le gustó.

—¿Las que eran estúpidas?

—Las mismas, pero quiero que me las leas.

Se estiró para llegar a la mesita de noche y volver a coger el libro que se terminó de leer la noche anterior. Se acomodaron juntas en la cama y se lo leyó en voz alta, porque, en el fondo, a Laura también le gustaba mezclar el sexo y el humor.

***

Espero que riais y disfrutéis mucho.

Cris Ginsey

19 de julio

Alba M. Hernández

Alba M. Hernández

Alba M. Hernández nació en Almería y está graduada en Historia. Empezó su andadura en la escritura debido a una pequeña lesión y al maravilloso *fandom* Clexa. Compartió sus historias *online* y el recibimiento de la gente la empujó a continuar y a descubrir su gran pasión por crear y desarrollar personajes y sus aventuras. No ha parado desde entonces y considera que uno de sus pasatiempos favoritos es la planificación de la historia antes de ponerse a escribir.

Se considera una gran amante de las novelas románticas con toques divertidos y finales felices y tiene una capacidad increíble para enamorarse de todos los personajes. La mayoría de sus historias están en Wattpad con el seudónimo Natura7. Recibió una mención de honor en I Premio Herstoria (LES Editorial) y ha sido finalista de la I Convocatoria de Relatos Eróticos de Humor, organizada también por la misma editorial.

19 de julio

Alba M. Hernández

Su gato la mira fijamente desde el otro sillón como si estuviera analizándola. No puede adivinar sus pensamientos, pero está segura de que en aquella pequeña cabecita no podría estar pasando nada bueno. A aquella bola peluda, llamada Toulouse, no parece haberle entusiasmado el hecho de haberse quedado como última invitada en la casa de su dueña. La observa con mucha atención, casi sin pestañear, y se obliga a apartarle la mirada por la tensión que le está generando. Espera unos segundos para comprobar si ha dejado de mirarla, pero no. Sigue en la misma posición y está segura de que su gesto se ha vuelto incluso más amenazante. Se desespera un poco y se endereza en el asiento para mostrarle más seguridad a aquel pequeño demonio, pero abandona su postura para arrinconarse contra el brazo del sillón y reza en cuanto lo ve caminar lentamente hacia ella. Toulouse suelta un maullido y su cuerpo decide actuar sin su consentimiento. Se levanta, alejándose de aquel ser maligno, y decide echar un vistazo por el salón.

Suspira examinando un par de fotografías y a su mente regresa la difícil tarea de sobrellevar las pocas horas que le quedan al día. Es 19 de julio. Un día marcado en rojo en su calendario personal. Cada año, en esa misma fecha, la desgracia la invade y la arrasa. Coche averiado, brazo roto, despido en el trabajo y, la última y más reciente, su novia la deja. Esa misma mañana se planteó no salir de casa, pero su hermana acabó arrastrándola a una reunión y, en cuanto vio sus ojos azules tras la puerta, se apuntó el tener que agradecérselo, porque jamás imaginó que la anfitriona sería Marta.

La conoció en la universidad. Por aquel entonces era la mejor amiga de su hermana y, desde el primer segundo, se quedó totalmente prendada de ella. Como un maldito hechizo. Quizás fue culpa del impresionante mar que retenía su mirada. O de su pelo castaño y brillante a la altura de los hombros. O de su espectacular sonrisa y su increíble sentido del humor. O quizás fue la mezcla de todo. El maravilloso conjunto expuesto en la chica más guapa del universo. Y no exageraba. Cualquier persona, con dos dedos de frente y un poco de gusto, le daría la razón.

Repasa su colección de libros y discos para intentar encontrar alguna pista que le dé detalles de su vida actual. Lo que sea. Pero no encuentra nada destacable entre sus novelas negras y su gran variedad en música.

—¿Qué es esto? —susurra muy interesada al ver un libro tras un marco de fotos con algo en su interior haciendo de marca páginas.

Su título, *Un orgasmo más*, eleva su curiosidad y, al abrirlo, sonríe un poco incómoda al descubrir una pequeña bala vibradora. Un marcapáginas muy interesante y muy personal. Sin duda. La coge para leer el texto y, de repente, algo capta por completo su atención. El felino del demonio se mueve y sus oídos perciben que Marta se aproxima al salón. Cierra el libro con mucha prisa, lo deja en su sitio y se autorregaña al darse cuenta de que ya es tarde para guardar la bala vibradora que aún tiene en la mano. Se la mete rápidamente en el bolsillo trasero del pantalón e intenta disimular acercándose a su enemigo. El gato.

—Ya estoy aquí.

Marta anuncia su llegada alegremente con dos vasos y una botella de alcohol y ella baja unos segundos la guardia, lo suficiente como para recibir un manotazo de la bola peluda.

—¿Me habéis echado de menos?

La dueña de la casa lo pregunta con una sonrisa, sin haberse dado cuenta de aquel ataque y llama a su mascota antes de dejar la bebida sobre la mesa. Le presta toda la atención al peludo y ella siente que el animal le clava la mirada victorioso. Puede verlo en sus ojos y en cómo busca el regazo de su dueña para conseguir unas caricias. ¿Es envidia lo que siente hacia esa bola de pelo? Posiblemente.

—¿Te apetecen un par de chupitos? —le pregunta animándola a sentarse a su lado.

Asiente con la cabeza antes de recortar la distancia entre ambas y pega un respingo nada más sentarse al percibir una vibración en el trasero. La maldita bala vibradora acaba de activarse y la mirada de Marta se clava en ella inmediatamente. No sabe si la mira curiosa por su acción, por la expresión de su cara, o porque también está escuchando el ruido que iba a provocar su muerte.

—Es mi móvil.

Miente extremadamente nerviosa y reza a todos los dioses habidos y por haber para que la crea. Marta asiente con la cabeza y aprovecha que sirve el alcohol para intentar desactivarla y disimular a la vez. Saca el teléfono con una mano y con la otra se esfuerza en localizar el botón del juguete para apagarlo.

—¿Es importante? —le pregunta ofreciéndole el vaso ya lleno de alcohol.

—Qué va. Responderé más tarde.

Miente de nuevo y le dedica una leve sonrisa para intentar mitigar sus nervios. Se bebe el chupito de golpe y observa al felino dormido sobre las piernas de su dueña. Un auténtico afortunado. Sin duda. Su envidia crece un poco más y ahora es ella la que lo mira mal a él.

—¿De verdad llevábamos doce años sin vernos?

Marta se lo pregunta atrayendo su atención y ella decide girarse ligeramente en el sillón para poder tener un mejor contacto visual. Su movimiento provoca que la bola de pelo alce la cabeza y su mirada de advertencia la pone un poquito nerviosa.

Un «cuidadito con lo que haces» que pasa a un segundo plano en cuanto siente que la dichosa bala vibradora se activa de nuevo.

—Vaya, parece que eres una chica muy solicitada.

Fuerza una sonrisa al escuchar esas palabras y se levanta del sillón bajo su atenta mirada para intentar apagarla de nuevo. Se lleva las manos a la espalda y se fija en que su compañera frunce el ceño extrañada.

—Me ha dado un pinchazo.

Vuelve a mentir por tercera vez consecutiva y consigue apagarla tras unos cuantos segundos incómodos y muy vergonzosos. Los peores de su vida. No le hubiese gustado verse a ella misma ejecutando movimientos raros para conseguir su objetivo. Recupera su asiento evitando ejercer mucha presión sobre el juguete e, inmediatamente, Marta le cede un nuevo chupito. Se lo bebe como el anterior, de golpe. Necesita ayuda para salir del paso y no morir en el intento. Maldito 19 de julio.

—Y sí. Llevamos doce años sin vernos —dice retomando la pregunta que había quedado en el aire debido a la interrupción—. Estoy segura de que recordaría haberte visto.

Se le escapa esa confesión y la sonrisa que le dedica la anima como el que recibe una palmadita en el hombro. La observa apartarse un mechón de pelo tras la oreja y aguanta las ganas de decirle que sigue pareciéndole la chica más atractiva del mundo. Acompaña su movimiento con la mirada y se pierde en la piel expuesta de su cuello. Atrayente. Jodidamente atrayente.

—No has cambiado nada.

Marta se lo asegura mirándola de arriba abajo. Sin cortarse un pelo. Como si esas palabras no hubiesen sido suficientes para despertar gran parte de su sistema nervioso.

—No sé cómo tomarme eso —bromea.

—Yo me lo tomaría muy bien, Laura.

Una ceja ligeramente alzada, media sonrisa, su nombre pronunciado con su voz y ella completamente hipnotizada.

Sirve un par de chupitos más para intentar disimular esa agradable sensación que comienza a recorrer su cuerpo y decide, esa vez, tomarse el alcohol poco a poco. No quiere perder el autocontrol ni alterar a sus hormonas para nada.

Debe pensar en algo que la ayude a percibir algún tipo de interés en ella. O huir. Directamente y sin complicaciones. Pero todo su pensamiento se ve interrumpido al recibir una nueva advertencia gatuna cuando el animal abandona las piernas de su dueña para colocarse entre las dos, rozando su muslo.

—Ahora que estamos a solas... ¿Vas a contarme esa historia con tu ex?

El tema salió, muy por encima, durante la cena junto a su hermana y el resto de invitadas. Pero decidió no entrar en detalles porque pensó que, realmente, no le interesaría a nadie.

—No es gran cosa —dice quitándole importancia.

—¿Tiene algo que ver con aquel disfraz de vikinga que te compraste en la universidad para el carnaval?

Recuerda eso y también el momento que compartió con ella y con su hermana para que todo quedase perfecto y pareciese una guerrera auténtica.

—Nada que ver —confiesa y, durante unos segundos, el silencio toma por completo el protagonismo.

—Estoy esperando esa historia —le recuerda.

Sonríe intentando disimular el nerviosismo, porque contarle a esa increíble mujer alguna de sus experiencias sexuales no entraba en sus planes. Su mente le pide que se calle, que mantenga el pico cerrado. E incluso se lo suplica de rodillas. Pero Marta le dedica una de sus miradas y siente que no puede hacer nada contra aquellos ojos azules.

—Estaba con una chica en su casa...

—Follando.

—Sí —confirma sonriente ante su anticipación—. Íbamos a estar solas todo el fin de semana, pero su familia apareció de golpe y solamente me dio tiempo a recoger mi ropa interior antes de que me encerrase en la terraza. Aclaro que era verano y que estábamos a treinta grados. Me achicharré. Literal.

—Seguro que estabas igual de sexi con bronceado de langosta.

Traga saliva con aquella confirmación y con la forma tan sugerente que tiene de morderse el labio inferior. ¿Le está divirtiendo la situación o su yo hipnotizado está percibiendo algo que es imposible? Hasta donde ella sabe, a Marta no le gustan las chicas. O al menos eso era lo que su mente sacó en conclusión durante la etapa universitaria. La posibilidad de la bisexualidad estaba ahí, pero nunca vio algún tipo de señal.

—¿Tienes alguna anécdota más?

Se lo pregunta sin apartarle la mirada y, de nuevo, se siente atrapada. Tanto que teme quedarse sin sentido y que su maniático gato acabe con su vida.

—Es posible.

—¿Me la cuentas?

—¿Y qué gano yo contando mis vergonzosas historias sexuales?

—¿Qué quieres ganar?

El ambiente se tensa de golpe y se le seca la garganta con el tono de voz que ha usado. Se anima mentalmente con un «venga, valiente, que tú puedes» y decenas de propuestas se colapsan en su cabeza. Un beso. Un reto. Un baile. Un *striptease*. Cualquiera de esas ideas puede ser una gran candidata.

—¿Un chupito?

Lo suelta al sentir que se le acaba el tiempo y se muere de vergüenza por haber sido tan ridículamente cobarde.

—Puedes tomarte toda la botella si quieres.

Marta lo dice con una sonrisa y eso provoca que sus ojos viajen directamente a sus labios. Son tan seductores que ni siquiera sabe de dónde saca las fuerzas para controlarse. Piensa que es por el hecho de intentar seguir siendo la hermana agradable de su mejor amiga y no la loca que se muere por tener algo con ella. Se fija en cómo se muerde el labio inferior de nuevo y ella, de forma totalmente involuntaria, se acerca un poco más. Siente el ritmo de su corazón acelerarse sin control y la curiosidad con la que Marta la mira la activa un poco más. Quiere atreverse a probar sus labios y, está tan cerca, que empieza a sentir pequeñas cosquillas por todo el cuerpo.

—¡Joder! —grita sobresaltada al sentir unos fuertes pinchazos en el muslo.

Aparta la mirada de ella y observa al culpable de todo aquello. Toulouse.

—Lo siento mucho —se disculpa Marta inmediatamente—.
No sé por qué ha hecho algo así. Es un gato muy tranquilo.

Lo observa contonearse tranquilamente hasta llegar al otro
sillón y niega con la cabeza al verlo lamerse la pata, con la que
seguramente acaba de atacarla para, justo después, tumbarse
sin importarle lo más mínimo las consecuencias.

—Me tiene manía —asegura—. Me ha mirado mal desde que
he entrado por la puerta. No tendrá la rabia, ¿verdad?

Marta sonríe con su acusación, pero ella lo dice muy en
serio. Adora a los animales, pero solamente a aquellos que no
intentan atentar contra su vida.

—Tiene todas las vacunas —le informa tras sacarlo de la
habitación y cerrar la puerta—. Y seguro que no te ha hecho
nada.

—Pues me duele.

—Déjame que le eche un vistazo.

—¿A mi pierna? —pregunta—. Llevo el pantalón.

—Pues quítatelo.

La dueña de aquel ser maligno se lo dice convencida y con
rotundidad y ella acaba cediendo tras unos largos segundos
porque también le interesa descubrir qué le ha hecho esa bola
peluda. Se desabrocha el botón, se baja un poco el pantalón y
el calor comienza a crecer al sentir su mirada clavada en sus
movimientos. Suelta el aire despacio, intentando controlar su
respiración y se arrepiente inmediatamente de hacerle caso al
recordar la ropa interior que lleva puesta. Su *culotte*, estampado
con minicabezas de Alf, el personaje de los ochenta que intentó
comerse al gato de la familia, no parece ser muy apropiado para
la ocasión. Se esconde de su mirada todo lo posible y se da prisa
en descubrir el ataque recibido. Y la vida tiene muchas formas

de burlarse de ella y lo hace de nuevo para que no se le olvide. Las marcas que tiene en la piel son tan pequeñas que resultan ridículas.

—No hace falta que digas nada —dice mientras se recoloca el pantalón.

Se fija en que sus ojos azules la examinan de forma diferente, con un toque destacable de intensidad, y ella siente que la temperatura ha subido un par de grados.

—¿Quieres tomar algo más?

Marta se lo pregunta cruzando las piernas, y el vestido, extremadamente ceñido a su cuerpo, disminuye unos centímetros en su muslo y le permite ver gran parte de la piel de esa zona. La escucha carraspear y es cuando se da cuenta de que sigue con la mirada clavada en aquel reciente descubrimiento. ¿Sus piernas? Una locura.

—Te he pregunto si quieres tomar algo más —le aclara su pregunta anterior y ella niega con la cabeza—. ¿Cuándo fue la última vez que tuviste sexo?

En su cabeza se produce un cortocircuito instantáneo ante la sorpresa recibida con aquella pregunta y giro en la conversación. No tiene costumbre de hablar de su vida sexual, pero se arma de valor para enfrentar la situación.

—Hace unas semanas.

Contesta de forma ambigua y sin determinar cuántas semanas porque, por alguna extraña razón, esa mujer la intimida de una forma que no puede comprender.

—Mi última vez fue hace unos cinco meses —le informa sin tener que preguntárselo—. Lo dejé con mi novia y decidí darme un respiro en relaciones y demás.

Esa nueva información provoca que una tonelada de fuegos artificiales explote en su cabeza como una maldita mascletà en las Fallas de Valencia. Marta había dejado a su novia. Su novia. La había dejado y había tenido novia. Asiente ligeramente con la cabeza tras recibir el aviso de que debe disimular y suelta lo primero que le viene.

—Eso está bien.

Marta la mira un tanto confusa y a ella le dan ganas de abofetearse un par de veces.

—El darse un respiro —aclara—. Está bien para reconectar.

Sigue sin saber qué dice porque su mente permanece colgada en el hecho de que ha tenido novia.

—La verdad es que me lo he pasado muy bien conmigo misma.

Se lo suelta sin más y comienza a imaginársela de mil maneras. Dándose placer con las manos. En la ducha. En la cama. En ese mismo sillón. Con juguetes sexuales y hasta con la maldita bala vibradora que tiene en el bolsillo. Retiene el aire en los pulmones y lo suelta lentamente en un intento de dejar esos pensamientos apartados. Se fija en que sus ojos la miran interrogantes y se da cuenta de que está sonriendo como una imbécil con las opciones que su mente perturbada acaba de ofrecerle.

—Creo que es hora de que me vaya —dice para librarse de la situación lo antes posible. Nunca jamás se había sentido tan incómoda.

—¿Por qué? —le pregunta Marta inmediatamente.

—Ya es tarde y querrás descansar.

—No estoy nada cansada.

Se lo asegura con una radiante sonrisa y ella le devuelve el gesto un poco forzado porque su sistema al completo se tensa al sentir el contacto de su mano en el muslo deteniéndola. Lucha con todas sus fuerzas para no bajar la vista y así hacerle creer que no le afecta en absoluto. Pero no se puede mentir. Le afecta. Y bastante. La expresión de su cara, su mirada tan intensa, su vestido y su caricia han hecho que todo su sistema comience a tambalearse.

—¿Y tú? ¿Estás cansada?

Traga saliva y siente un ligero apretón en su muslo. ¿De verdad está ocurriendo? Seguro que todo es producto de su imaginación, porque aquella mujer no puede estar proponiéndole nada indecente.

—No mucho —contesta y la observa inclinarse poco a poco hacia ella.

Su mano asciende lentamente y le acaricia la parte interna del muslo. El calor la recorre por completo porque ha dado, sin querer, en uno de esos lugares claves que da el pistoletazo de salida a su subida de temperatura.

—¿Sabes? —suelta Marta recortando más la distancia mientras sus ojos viajan a sus labios—. Siempre he querido acostarme contigo.

Su confesión la pilla completamente fuera de juego y se echa un poco hacia atrás para poder observarla mejor. ¿Ha dicho lo que ha dicho?

—Eres tan atractiva —le dice acelerándole el pulso.

Marta se inclina sobre ella sin dejarle decir una sola palabra y, antes de poder reaccionar, siente que su mano sube lentamente hacia la cintura de su pantalón. Intenta controlar la respiración, porque jamás imaginó algo así y menos en tan fatídico día. Siente su contacto colarse bajo la camiseta y le dedica una sonrisa antes de tomarla por la nuca con cuidado para recortar toda la distancia entre ambas y besarla.

Se deja hacer por completo. Es Marta la que manda. Ella solamente sigue su ritmo. La humedad y calidez de su boca la activan y suelta un pequeño gemido al contacto con su lengua. Siente su sonrisa y vuelve a repetir otro sonido de placer cuando toca uno de sus pechos por encima del sujetador. Se lo aprieta con cuidado y su propio cuerpo se arquea contra el de ella. Buscándola. Queriendo más. Decide actuar y posa la mano sobre su pierna. En esa parte de su anatomía que tanto había captado su atención. La acaricia con algo de prisa y comienza a ascender, subiendo la tela de su vestido para poder tocar más. Pero Marta decide cortar toda acción de golpe y ella frunce el ceño confusa.

—¿Tienes prisa? —le pregunta de forma sugerente mientras se levanta del sofá.

Niega sonriente y un poco atontada y su vista se clava en todos sus movimientos. La observa bajarse las tirantas del vestido muy lentamente, sin dejar de mirarla y con un gesto demasiado sugerente. Tanto es así que se mueve inquieta y aguanta la respiración hasta que deja caer la prenda al suelo y descubre un bonito conjunto de ropa interior negra de encaje. Siente la boca seca y se da cuenta de que Marta sabe el poder que tiene sobre ella. Se acerca de nuevo, sin desconectar sus miradas, y se sienta a horcajadas en sus piernas. Su vista baja directamente a su pecho y sus manos viajan a sus caderas. Las acaricia y la aprieta contra su cuerpo porque la necesidad por sentirla más cerca es bastante brutal.

—Estoy muy cachonda —le confiesa Marta mientras le agarra el rostro para mirarla directamente a los ojos.

Ataca su boca con más intensidad que la anterior y Marta se ocupa de quitarle la camiseta antes de echarle todo el pelo hacia atrás y atacar su cuello casi sin compasión con una mezcla de besos y arañazos con los dientes. Jadea y aprovecha para agarrarle el trasero y pegarla más a ella, si es que eso es posible, provocando que suelte un gemido y que se vuelva más loca.

—Quiero follarte.

Lo suelta sin más, por pura necesidad, y Marta la besa de forma más húmeda antes de quitarse ella misma el sujetador y liberar su pecho. Se muerde el labio inferior al descubrir aquello de lo que se le había estado privando y lleva los labios a uno mientras que con la mano se encarga del otro. Su compañera mueve el cuerpo contra el suyo y ella disfruta de sus jadeos y de sus pezones firmes gracias a sus acciones. Los besa, los lame y da un ligero mordisco antes de buscar de nuevo su boca. Intenta alargar la experiencia todo lo posible, pero Marta le agarra la mano y la guía directamente al interior de sus bragas.

—Joder —susurra y se queda totalmente enganchada en su mirada azul.

Está húmeda y muy caliente y le encanta que se aferre a sus hombros mientras acaricia su sexo con toda la mano. Repite la acción unas cuantas veces mientras las respiraciones de ambas se agitan y sus labios vuelven a encontrarse con bastante fuerza. Acaricia su clítoris sin prisa, muy expectante de sus gestos y de sus movimientos. Ver a esa mujer encima de ella entregada por completo al placer es una de esas experiencias que todo humano debería vivir.

—Entra en mí —le susurra contra los labios.

Su petición la estremece y se queda en absoluto silencio mientras la observa bajarse un momento de sus piernas para quitarse las bragas. Le cuesta volver a retomar la escena porque aún no puede creerse lo que le está ocurriendo, pero sus labios la atacan con el doble de ganas y de lengua y cumple con lo que le acaba de pedir. Introduce dos dedos directamente en su interior y Marta comienza a moverse sobre ellos. La ayuda aferrándose a su cintura con la otra mano y la acompaña con cada nueva embestida. Gime, jadea, se le disparan las pulsaciones, suda y siente su propia humedad crecer a cada segundo. Sus movimientos sobre ella aumentan de intensidad y segundos después sus dedos quedan ligeramente aprisionados en su interior hasta que gruñe su nombre antes de correrse y dejarse caer del todo contra ella. La abraza y siente, directamente, que su sistema está igual de acelerado que el suyo. Acaricia su espalda desnuda y, poco a poco, siente que se recompone.

—Si quieres, subimos a mi cama y probamos la bala vibradora que llevas en el bolsillo —le dice contra el oído y sonríe en cuanto se separa para poder ver su rostro.

—Pillada —confiesa con una sonrisa.

—Vamos. Segunda ronda.

La anima bajándose de sus piernas y le ofrece la mano para tirar de ella y guiarla hacia su habitación. El 19 de julio iba a darle una tregua ese año.

Las lesbianas se casan de penalti

Carolina Pascual

Carolina Pascual

Esta granadina de nacimiento y menorquina de corazón, ya tiene edad de epílogo de *fanfic*. Aprendiz de todo y maestrilla de nada, va incorporando *hobbies* a la buchaca para dejarse el tintero repulío. Friki de los juegos de mesa, como casi toda su familia extensa, descubrió que molaba escribir con el Story Cubes y se lo propuso en firme como reto creativo del confinamiento. De bocaza feminista y activismo perezoso, se mete en menos charcos de los que le gustaría por exceso de buen tiempo en su Málaga acogedora y su adicción a echar unas risas sin más pretensiones. Jaranera indomable, le gusta pensar que nunca llegará a ningún sitio porque disfruta perdiéndose en los caminos. A su lado, durante más de la mitad de su vida, tiene una *wonder woman* que la apoya en todo lo que se le pasa por la cabeza. Está segura de que el mayor legado que deja al mundo son sus dos peques, así que concentra su empeño en hacerlo bien, aunque no siempre le salga.

Las lesbianas se casan de penalti

Carolina Pascual

«Las lesbianas se casan de penalti». Era su gracieta preferida. Y, en su caso, era verdad. Porque habían esperado a estar embarazadas para legalizar su relación y tenían claro que, de haber estado en una relación heterosexual, no habría boda, pero lo subversivo en ellas era, precisamente, que la hubiera. Además, casarse era un requisito indispensable para que ese bebé, que habían llamado «limonchelo» cuando era del tamaño de un limón y, desde que supieron que tenía un apéndice entre las piernas, llamaban «chasquillo» (para convertir en algo afectuoso el chasco que se llevaron) fuera considerado hijo de las dos cuando naciese. Gracias a la Ley de 2005 podían casarse y las hijas o hijos de ese matrimonio serían de ambas, pero no dejaba de haber matices discriminatorios. Ese era uno de los que más les pesaba, el matrimonio. Como mujeres lo habían resistido, por aquello de ser un eslabón más de la cadena heteropatriarcal y del misticismo del amor romántico. Como lesbianas no les quedaba otra.

Al final, y después de más de diez años de noviazgo, como antiguamente, hubo boda.

La firma fue algo privado, solo madres y padres de ambas y sus hermanas y cuñados. Sin anillos, algún gesto de rebelión tenían que permitirse.

"

El conflicto, tres meses antes de la fecha, estuvo en la conveniencia de celebrar el evento. Diana quería que eso fuera todo, pero Carlota quería un fiestón por todo lo alto. Una boda gitana, lo denominaba ella. Su sueño era una celebración con amigos y familia que se alargara en el tiempo y en el recuerdo. Nada de *catering* y mesas circulares de ocho, con entrantes, principales, postre y tarta, cortada con espada y copa de champán con brazos entrelazados.

Si habían llegado hasta allí era para hacer algo diferente. Una casa rural, todo un fin de semana, comida y fiesta *non-stop*, concursos de tortillas y de disfraces (ganó Xena, la princesa guerrera), actuaciones y nada de *dress code* que no incluyese boas de plumas y juegos de género.

Diana se opuso fervientemente, pero la determinación de Carlota no dejaba lugar a la duda, «Yo voy a celebrarlo, si no quieres, no vengas». Y, claro, tuvo que ir. Y ya que iba, se enfangaba hasta las cejas, porque Diana era así, negativista-desafiante hasta que cedía y viraba al más entusiasta estado emocional posible.

Como era de esperar, el festival dio para mucho. Hubo romanticismo extremo, con votos lacrimógenos y tangos de alcobas azules aderezados con náuseas en cada giro, porque aunque se suponía que después del primer trimestre las ganas de vomitar desaparecían, Diana iba por el cuarto mes de gestación y aún se tenía que poner tibia de Caribanes si quería sobrevivir.

El batiburrillo de asistentes se evidenció en las actuaciones, una propuesta de las novias a las personas invitadas. Habían lanzado un hilo con el cine como denominador común, con el ánimo de acotar, pero como si se tratase de un *talent show*, cada cual apareció con lo que le vino en gana.

La familia de Carlota era religiosa hasta la médula, creencias muy arraigadas y a la vez muy flexibles cuando se trataba de vivir la felicidad de su hija o su sobrina, porque allí estaban todos, hasta el tío abuelo que fue cura. La opinión de la Santa Madre Iglesia casi ni se escuchaba si la cosa iba de estar ahí para Carlota y devolverle alguna de las miles de risas que ella les había regalado a lo largo de los años.

Aquellas señoras asiduas a misa de 8 se tragaron la historia de las pollas rojas y reventonas que contaba su amigo Manuel, que vestía de juglar con una única prenda, un pañuelo algo transparente a modo de taparrabos. El peculiar cuentacuentos deleitaba a las personas presentes con una historia que, con un argumento muy gay, instaba al público a repetir una y otra vez las referidas cualidades de los miembros viriles, en plan estribillo, cada vez que él finalizaba un párrafo.

La bidireccionalidad de las vergüenzas fue un hecho, pues al igual que las beatas tuvieron que ver a sus propios hijos haciendo fabulosas interpretaciones travestidos de las Spice Girls, sus amistades nocturnas más faranduleras se tragaron a la madre de Carlota petándolo con su canción preferida de su grupo de liturgia de la palabra o su fraternidad del apostolado de la oración, vete tú a saber. La propia Carlota ya le había perdido la cuenta a su madre hacía tiempo. Parecía que la mujer coleccionase agrupaciones religiosas.

La noche acabó tarde con Queen, Gloria Gaynor y Alaska y a la mañana siguiente continuó, como se había prometido, con desayuno tardío de huevos con jamón a ritmo de timbales.

A golpe de «Si me queréis, *irsus*» empujaron a los últimos rezagados, porque parecía que con dos días de boda no habían tenido suficiente, y tanto les repitieron aquello de «Ha sido la mejor boda a la que he ido en mi vida» que acabaron siendo conscientes de que había sido la leche, por lo inesperado, por la vitalidad contagiosa, porque, por muy forzosa que hubiese sido aquella boda, en términos legales y utilitarios, allí había mucho amor.

Las lesbianas se casaban de penalti porque esperaban a estar embarazadas para casarse. El deseo de ser madres les hacía pensar en un «¿Y si no nos quedamos?» y el plan b era una adopción internacional para la cual no podían estar casadas. He ahí la gran paradoja, en la que en España el matrimonio era obligatorio para ser madre de los hijos de tu pareja y en el resto del mundo no podías estar casada con otra mujer si querías tener la oportunidad de ser madre adoptiva.

Por todo eso, Diana y Carlota habían decidido hacer su viaje de novias anticipado. La verdadera luna de miel transoceánica la disfrutaron antes de iniciar los tratamientos de fertilidad, que tantos quebraderos de cabeza y de corazón les supusieron. Ahora, con 15 días de vacaciones tras la firma y con el embarazo en marcha, por fin, no se hubieran atrevido a coger un avión, así que, tirando otra vez de clichés antiguos, optaron por los Pirineos. Les faltaba el dos caballos, pero las interminables horas de coche no se las quitaba nadie.

Decidieron hacer una escala cerca de Madrid, porque las náuseas no eran los únicos inconvenientes en la gestación del «chasquillo» y la retención de líquidos hacía acto de presencia después de cuatro horas sentada. Como sus hermanas les regalaron el alojamiento en Aragón, la suegra de Carlota se ofreció, generosa, a pagar la noche de hotel a medio camino y le pidió a su yerno que les reservara un hotel bonito, cerca de la autovía, para que no tuvieran que adentrarse en ninguna provincia y hacer kilómetros de más.

Exhaustas. Llegaban exhaustas. Tras el estrés de organizar todo y el cansancio de exprimirlo al máximo, ni un día se habían permitido de descanso. Aquella misma tarde iniciaron el viaje y ya estaba anocheciendo cuando daban unas cuantas vueltas en un polígono buscando El Pisito Rojo. El nombre era inusual como poco, pero les hizo gracia. Debía de ser un hotel importante, porque habían visto en la autovía un par de carteles anunciándolo.

Diana, con su incipiente barriguita, conducía y Carlota le iba lanzando galletitas de *Los Simpsons* a discreción a la boca para evitar despertar al ogro de las náuseas.

Por fin dieron con el acceso. En una especie de garita de seguridad, antes siquiera de entrar al *parking* con el que, suponían, contaría el complejo, una chica con los ojos muy abiertos les pidió que se identificaran. Diana dio su nombre completo añadiendo que tenían reserva para esa noche. La chica revisó la pantalla del ordenador una y otra vez mientras intercalaba miradas dentro del vehículo, fijándose en ambas, frunciendo el ceño y volviendo obsesivamente la vista a sus galletitas de *Los Simpson*. Carlota especuló, susurrándole a Diana, si aquella chica no estaría también embarazada y se lanzaría a por sus galletitas. Y, ante las bobadas de su mujer, Diana se inquietaba pensando dónde estaba su mierda de reserva. La recepcionista la hacía sentir en el lugar equivocado con su mirada inquisitiva. Parecía que no hubiese visto una pareja de mujeres en su vida. Al menos, no en su lugar de trabajo.

«No me sale nada a ese nombre».

Probó diciéndole el nombre de su cuñado por si el muy lelo se había equivocado y la chica volvió a revisarlo a la vez que escudriñaba la parte de atrás de su coche y otra vez volvía la mirada a ellas.

Menos mal que lo encontró, porque no se imaginaba la *just married* teniendo que ir en busca de alojamiento a esas horas, con su vejiga hiperreactiva llamando a todos los baños de 10 km a la redonda.

Preguntaron por la ubicación del *parking* y del comedor, donde se serviría el desayuno que venía incluido y, ante la sorprendente respuesta de la chica, aquella situación empezó a tomar un cariz raro.

«El *parking* está justo debajo de su habitación. Aparcan y suben una escalera que les lleva al dormitorio. El desayuno se les servirá en la habitación».

Emocionadas por el servicio de habitaciones inesperado y gratuito, no indagaron más, pero al avanzar por el complejo, simplemente, algo no cuadraba. Parecía un barrio residencial compuesto por casitas adosadas a las que se accedía por puertas de cocheras a un lado y otro de la calle. Solo puertas de cochera. Iban riéndose y especulando de qué coño iba aquel sitio, bromeando con barras americanas y tangas llenos de billetes. Se descojonaron imaginando en cómo de patética sería su vida sexual, a ojos de su cuñado, para que hubiera tenido que empujarlas a un sitio así. Leyeron los números hasta llegar al suyo y cuando estuvieron delante, la puerta de la cochera se abrió, como si fuera la cueva de Alí Babá. Aparcaron el coche y subieron las escaleras y, al abrir la habitación, la diversión dio paso a la situación más sórdida que habían vivido en su vida: una cama con las sábanas revueltas, gracias a Dios, vacía. Carlota empezó a reírse entre lágrimas diciendo con grititos nerviosos que ella no pensaba quedarse allí. «Entre esas sábanas tiene que haber tanto semen que podría quedarme preñada y no estamos preparadas para criar a dos a la vez». Diana trataba de tranquilizarla, sujetándola suavemente por los brazos. Tenía que haber un error. Marcó el número de la recepción mientras Carlota daba una vuelta sobre sí misma observándolo todo con muecas de asco supremo en la cara. Cerraba los ojos muy fuerte y negaba con la cabeza, tapándose la cara con las manos. Efectivamente, era un error y su habitación las esperaba dos cocheras más allá.

Una vez dentro de la correcta, y sin poder quitarse el repelús de encima, observaron con detenimiento el dormitorio.

El cabecero estaba presidido con un neón en el que se leía «Passion», y en el techo, sobre la cama, esta vez perfectamente hecha, había un espejo gigante. Se tumbaron y comenzaron a hacer posturitas partiéndose de risa. Carlota se estiró para alcanzar lo que parecía una carta de menú sobre la mesilla de noche. Empezó a leerle a Diana: «De aperitivo podemos pedir condones de sabores, de entrante me encantaría lencería fina, de principal un dildo doble y de postre... unos azotitos con esta fusta». Levantó las cejas divertida, mostrándole a su mujer la carta de juguetes sexuales a disposición de la clientela, intentando suprimir una sonrisa, y Diana no se lo podía creer. Como tampoco se podía creer que esta inverosímil situación la estuviera poniendo un poco cachonda. Se giró hacia Carlota en la cama y la besó atrapando su sonrisa. «No necesito pedir nada de esa carta ahora mismo, pero me encantaría vernos desnudas reflejadas en ese espejo. Con el color del neón sobre la piel. Los azotes te los puedo dar con la mano, así nos ahorramos 25 pavos». Carlota la llamó idiota y se sorprendió, una vez más, de cómo su mujer lograba encenderla con una mirada profunda y un tono de voz sugerente. Acortó la distancia de nuevo y la besó dulce y lento, intensificándolo gradualmente, mientras le sujetaba la nuca con ambas manos y enredaba los dedos entre sus mechones. Diana sujetó sus caderas acercándose a ella y coló las manos bajo la camiseta subiendo con temblorosas caricias hasta el borde del sujetador.

Carlota le sujetó las manos y frenó el beso. Se levantó de un salto de la cama y gritó: «El baño, no hemos visto el baño». Diana estaba acostumbrada al pensamiento saltón de su mujer y no le molestó interrumpir el recién iniciado acercamiento con tal de darle gusto a su entusiasta curiosidad. Una ducha tan grande como el ascensor de su bloque fue el premio. «Esta ducha es para follar, no me digas, nena, aquí caben mínimo cuatro personas. Yo nunca he follado en una ducha. ¿Follamos?». Y todavía sentía el calor de sus labios y el tacto ardiente de su piel, así que no le pareció mala idea. Amén de que ella tampoco lo había hecho nunca en una ducha. Tendría que matizar la fantasía, porque conocía a Carlota de sobra como para saber que no se metería ahí sin chanclas y que tendría que hacer una limpieza exhaustiva con gel y esponja de las paredes en las que se fueran a apoyar antes de poder acorralar a su mujer contra ellas.

Diana esperó en el baño mientras el torbellino rebuscaba en la maleta. Cuando regresó, desnuda y con las chanclas puestas, la atrapó con sus brazos por la cintura. Carlota le susurró al oído «¿No querrás ducharte con la ropa puesta?» mientras llevaba las manos a su pantalón y se lo desabrochaba. Lo bajó arrastrando la ropa interior con él y al subir hizo una parada para besar su pubis, agarrando con los dientes el borde de la camiseta y arrastrándola hasta levantarla por encima de sus pechos. Necesitó la ayuda de las manos para poder quitársela del todo y acunó con sus palmas los pechos por encima del sujetador premamá dos tallas por encima de lo habitual. «Dime que esto no cambiará nunca». Carlota lo dijo con dulzura y ella le sonrió, presumiendo que, tras esa afirmación, su mujer elogiaría lo que sentían la una por la otra después de más de diez años compartidos, porque Carlota era así de romántica a veces.

«Que los cambios de humor que te estoy aguantando me compensarán con estas tetazas para siempre».

Diana negó suavemente con la cabeza porque su mujer era romántica, a veces, y muy tonta, la mayoría y, en el fondo, la adoraba por eso. Se quitó el sujetador y sonrió cuando Carlota abrió su boca exagerando el gesto ante la estimulante visión, bromeando con que no necesitaba una ducha porque ya estaba suficientemente mojada. Entraron en aquella cabina infinita intercambiando caricias y besos diseminados por el cuerpo.

La arrinconó contra los azulejos mientras el caudal constante y caliente las empapaba, y Carlota no mentía, lo pudo comprobar cuando recorrió sus pliegues con los dedos y se los encontró turgentes y húmedos. Su mujer se aferraba a su cuello, abrazándola intensamente por la anticipación, y le pareció de mal gusto hacerla esperar, así que la penetró con dos dedos, arrancando un gemido rodeado de respiraciones entrecortadas directas a su oído. «El dinero de la boda va para hacer obra en el baño, necesitamos una ducha como esta». Acompañó sus embestidas constantes con besos por su pelo y notó como una de las manos de Carlota se liberaba de su cuello para bajar dirección sur, haciendo una parada delicada en su vientre abultado para terminar finalmente abriéndose paso entre sus piernas. La sensibilidad a flor de piel era una de las pocas ventajas que le había traído el embarazo y hacía que no necesitase mucha estimulación para llegar en pocos minutos. Sus cuerpos se sincronizaron al momento, porque después de una década ya se sabían el camino y la excitación de las novedades se lo ponía aún más fácil. La ducha se llenó de vapor y de jadeos y los orgasmos de ambas casi se solaparon en el tiempo, porque, joder, igual sí tenían que cambiar la ducha por una más grande.

Se secaron la una a la otra con caricias de toallas llenas de mimo y, antes de salir del baño, Carlota reparó en la existencia de una alcachofa de ducha al lado del inodoro. «Por si llevas mucha prisa» le dijo a Diana y se rieron recordando a su amigo

Óscar, que cuando salían de marcha, ante el típico piropo de «Óscar, que guapo vienes hoy», con el afán de pescar algo, él siempre contestaba: «Limpio, yo lo que vengo es... limpio». Así era la complicidad forjada entre ambas, una vida llena de anécdotas que no paraban de aumentar. De esta noche saldrían unas cuantas, seguro.

Se tumbaron de nuevo en la cama y decidieron compartir la hilarante situación con alguien más. Y como no podía ser de otra manera, llamaron a la madre de Diana. Casi podía verle las mejillas rojas mientras Carlota le decía: «Suegra, que nos has traído a un picadero, no te da vergüenza con tu hija embarazada». Diana tapó el teléfono y le recriminó porque, aunque Carlota bromeaba, aquella mujer estaría sufriendo un colapso de los gordos y la pobre solo pudo arreglarlo con un «Pedid lo que queráis de cenar, que va de mi cuenta», y quiso decirle a su suegra que si podían pedir de la carta de juguetes o solo de la de comida, pero Diana adivinó sus intenciones y tapó su boca en vez del teléfono esta vez.

Todos los platos eran potencialmente afrodisíacos, así que, como nunca las habían probado y pagaba su suegra, pidieron ostras con esferificaciones de lima y un par de platos de *sushi* para rellenar, porque no por ser lesbianas les tenían que gustar los bivalvos y preferían ir a lo seguro.

Pusieron la tele para amenizar la espera y aquel debía de ser un universo alternativo XXX, porque todos los canales echaban porno. Pese a que era un porno muy hetero y algo sobreactuado, al final, entre risas, burdas imitaciones y toqueteos por encima de la ropa, el ambiente se calentó de nuevo y ya estaban desnudándose la una a la otra cuando un timbre las sobresaltó. La cena. Carlota se levantó de un salto, volviéndose a poner la camiseta, pero al abrir la puerta no vio a nadie. Se volvió hacia Diana con un gesto interrogante y el timbre volvió a sonar.

Desconcertada porque no sabía qué hacer, solo acertó a gritar «¿Por dónde? ¿Por dónde?». Una voz anónima surgida de un pasillo contiguo la instó a abrir un pequeño armario. Como si del puto torno de las clarisas se tratase, dentro del armario apareció mágicamente su cena.

Tenían más deseo que hambre, así que Carlota se tumbó bocarriba en la cama y, ante la extasiada mirada de Diana, colocó tres ostras sobre su cuerpo desnudo: una entre sus pechos, otra en su abdomen y otra sobre su pubis. Cogió la última concha que quedaba en el plato y, sin romper el contacto visual con Diana, se mordió el labio inferior y se metió la ostra en la boca sorbiendo el líquido y notando cómo las pequeñas esferificaciones explotaban en su boca impregnándolo todo. «Uhmmm, sabe igual que tú, salada con un toque ácido. Es mi nuevo plato favorito. Vas a tener que trabajar mucho para que pueda comerlas cada día». Diana se acercó a su oído y le susurró «Si sabe como yo, puedo darte sucedáneo a diario». Después se aproximó, chupando la carne de la ostra de las conchas colocadas sobre el pecho y el abdomen de su mujer y derramando, a propósito, algo de caldo y algunas bolitas, solo para poder lamer lo derramado, recorriendo con su lengua el pecho que se elevaba y descendía a un ritmo muy marcado y el abdomen que se estremecía al paso de sus caricias. Al llegar a la ostra posada sobre su pubis, la sujetó con los labios y se la entregó directa en la boca a Carlota, porque ella solo había comido una y le parecía injusto no compartir tan delicioso bocado. Sorbió el líquido final y retiró las tres conchas vacías. Le separó las piernas y se coló entre ellas. Aspiró profundo, inundándose de su aroma, y hundió la lengua entre sus pliegues. Tras unos segundos saboreándola, levantó la cabeza y miró a Carlota directamente a los ojos. «Cualquiera que lo probase sabría que el sucedáneo son las ostras».

Carlota echó la cabeza hacia atrás, clavándola en la almohada, y se quedó enganchada al gesto de placer que le devolvía su reflejo en el techo, con el ceño ligeramente fruncido, la cara increíblemente iluminada y una sonrisa tremendamente erótica en los labios. Le gustó ver los mechones de la persona que elegía para compartir su vida desperdigados entre sus piernas y sus glúteos desnudos. La mano de Diana se aferraba a su pecho, apretándolo suave con la cadencia idónea, mientras se afanaba en darle el máximo placer dibujando olas perfectas entre sus pliegues. Se fijó bien y agradeció que el espejo estuviera ahí, porque pudo ver cómo Diana se tocaba a sí misma con la mano libre. Y esa visión se convirtió en su punto de no retorno, notó cómo la electricidad se repartía desde su intimidad a todas sus terminaciones nerviosas y se arqueó sobre el colchón en tres o cuatro tiempos. Sin ahogar los gritos. Sin importarle el qué dirán de los vecinos. No creía que, en aquel hotel, nadie fuera a escandalizarse.

Se permitió unos segundos de recuperación mientras Diana repartía besos suaves en las caras internas de sus muslos, pero ante la idea de que su mujer fuera a correrse con su propio autoplacer, saltó de la cama, obligándola a intercambiar posiciones. «Tienes que verte la cara mientras te como el coño». Diana protestó, porque estaba a punto y, también, le resultaba excitante así, pero accedió porque ellas eran muy Pili y Mili y lo que a una le gustaba tenía que probarlo la otra. Entre que verdaderamente estaba a punto y que la imagen no podía ser más provocativa, solo necesitó un poco de lengua para acabar sujetándole muy fuerte la cabeza entre sus piernas e inundarle la boca.

«Tenemos que apartar un pellizquito para ponernos un espejo sobre la cama, ¿eso será muy caro?». Carlota lo preguntó ahogando una sonrisa, aunque bastante en serio a la vez. Trepó por su cuerpo, dejando besos húmedos por el camino para acabar frente a sus labios y fundirse juntas en un beso superintenso, con mucha saliva. Este dejó paso a algunos más tiernos. Sabían a ostras.

A los pocos minutos, Carlota roncaba, bueno, respiraba fuerte, como le obligaba a decir a Diana, en su lado del colchón.

Diana le dio un beso sobre la sien y se giró para apagar la luz. Se quedó mirando, sobre la mesilla, la publicidad del hotel. El logo era el mismo de las vallas publicitarias que vieron en la autovía y a toro pasado se sonrió divertida, porque no se podía creer cómo no sospecharon nada cuando vieron la imagen de unos labios de mujer con un índice delante, pidiendo silencio, sobre el nombre de El Pisito Rojo.

Apagó la luz y se acercó a su calor, rodeándole la cintura.

Cerró los ojos pensando en lo alucinante que había resultado su aventura y se le vino a la cabeza el estribillo de Sabina. Si de algo estaba segura era de que fuesen de bodas o no, las quería todas a su lado. Y arrullada por la música en su cabeza, se acomodó en su espalda apretándola, suave, contra su cuerpo. «Que todas las noches sean noches de boda, que todas las lunas sean lunas de miel».

El tamaño sí importa

Carolina Ramos

Carolina Ramos

Periodista y actriz, ha desarrollado su escritura entre el teatro y el relato. Sus trabajos han caído en gracia y han conseguido algunos premios o distinciones. El último ha sido el Latino Book Award 2020 con el que se ha distinguido a su obra de teatro *Brujas, brujas*, una revisión divertida y activista del planteamiento tradicional de la feminidad en los cuentos. Entre sus relatos destacan: «En cuarentena» (Segundo premio del concurso Relatos Sin Mascarilla 2020); «Plaza España» (finalista en II Certamen Historias del Trabajo Fundación Largo Caballero 2020); «De Eros para Psique» (finalista en el IV Premio de Relatos Cortos Ciudad de Sevilla 2019). También se pueden leer sus trabajos en diferentes revistas literarias de España, Argentina o Venezuela. Cuando escribe, tiene preferencia por los personajes femeninos de diferentes edades y de distintas épocas, y por los temas sociales.

El tamaño sí importa

Carolina Ramos

La cuarentena por la covid-19 me dejó sin trabajo. Ser una actriz de 45 años con mucho teatro a las espaldas no me ofrecía alternativas de subsistencia. Con las salas y los colegios cerrados, me había quedado sin funciones y sin ingresos de la noche a la mañana. De ahí que, tras varios intentos fallidos de acogerme a ayudas y a programas varios, acepté el primer trabajo que se cruzó en mi camino. Nada menos que ser la dependienta del *sex shop* La habitación roja. Un pequeño local ubicado en una calle secundaria de un barrio bien, que ofrecía juguetes eróticos, sustancias afrodisíacas, lencería, lubricantes, consoladores y todo cuanto pudiera necesitar cualquiera que quisiera experimentar con su sexo a solas o en compañía.

Mis primeras noches fueron agotadoras. No; no porque probara los productos que vendía en la tienda para tener argumentos en los que fundar mis opiniones. ¡Qué más hubiera querido! Con mis fondos, dudo que me llegara para una caja de condones con láminas circulares.

Mis noches las dedicaba a estudiar una lista interminable de novedades sexuales que, hasta ese momento, no sabía que existieran. Una versión administrativa del *Kamasutra* que hubiera disparado la imaginación de cualquier escritora de relatos eróticos, pero que a mí me agotaba con la simple lectura de su descripción técnica.

Sin sexo desde que lo dejara con mi exnovia seis meses atrás, mi libido no pasaba por sus mejores momentos. Y encima estaba agotada por el estudio y por las ganas de consumir que, tras la cuarentena, parecían tener los vecinos, así que los primeros días de la nueva normalidad fueron una locura. Yo, que pensé que poner el cartel con el aforo máximo en el escaparate de la tienda era una ridiculez, me descubrí pidiendo entre labios a algunos parroquianos que esperasen fuera del local para evitar problemas con las autoridades municipales. Esto no provocó, ni mucho menos, las populares colas que otros comercios coleccionaban en su acera. Nuestra clientela se reunía en la cafetería que había justo enfrente. Un espacio que bien pudiera haber pagado un canon a mi jefa por facilitar el aumento del consumo en sus terrazas, donde nuestros usuarios y usuarias se organizaban por turnos de manera ejemplar. Comentando, incluso, sus últimas adquisiciones o recomendándose productos con la misma naturalidad con la que se comenta la calidad de las bananas o la frescura de las pechugas de pollo.

¿Qué estaba pasando? ¿Es que la gente no había practicado sexo durante la cuarentena? ¿O es que, terminado en confinamiento, necesitaban dosis extra de imaginación para mantener viva la pasión con sus parejas?

Fuera cual fuera la respuesta, lo cierto es que La habitación roja se había convertido en el comercio más próspero de la zona. Aspecto que no había pasado desapercibido entre los residentes, pero tampoco entre quienes buscaban formas de conseguir dinero rápido tras meses de control férreo de las calles por parte de las fuerzas de seguridad.

De ahí que, coincidiendo con la ampliación horaria que habíamos tenido que hacer por la subida de la demanda, viviera uno de los episodios más delicados de mi corta vida laboral más allá de los escenarios: mi primer atraco.

Hasta ese momento, para mí, los atracos eran nudos argumentales de películas de género policial. Aventuras en las que un grupo de personas, con las caras cubiertas con pañuelos o máscaras, entraban en un banco, armadas hasta los dientes, para hacerse con sus fondos. Sin embargo, ni yo trabajaba en un banco, ni aquella mujer que entró cinco minutos antes del cierre era parte de una banda criminal. Era una delincuente común que se escondía tras una mascarilla de color rojo sobre la que habían estampado la silueta de unos dragones en sus laterales. Único dato que hubiera podido dar a la Policía para confeccionar su retrato robot, en caso de haber sido necesario.

La chica no destacaba físicamente por ninguna razón. Melena corta de cabello oscuro, ojos marrones, estatura media y vaqueros con camiseta. Ni tatuajes, ni *piercings* a la vista. Nada parecía fuera de lo normal. Al entrar, de manera muy educada, me preguntó por la zona en la que se encontraban los consoladores. Una pregunta habitual en la tienda, a la que respondí extendiendo el brazo sin apartar la mirada del papeleo de la mañana.

Acababa de entrar un nuevo pedido de la colección de verano (sí, también aquí hay colecciones y se renueva la oferta) de lencería y fantasías para parejas. Lo que había convertido la parte interior del mostrador en un laberinto de cajas de diferentes tamaños y colores.

Viendo que la clienta se retrasaba en su paso por caja y que se acercaba el momento de mi refrigerio, decidí enviarle una indirecta bajando hasta la mitad la persiana del establecimiento. Un gesto que hasta ese momento había cumplido su objetivo, pero que en esta ocasión tendría otra consecuencia.

Con una caja de un popular consolador en la mano y con una burda copia del mismo en la otra, la chica se acercó a la caja solicitando mi asesoramiento al respecto. Una trampa en la que caí como principiante que era, pues nada más comenzar la explicación sobre ambas versiones del succionador de clítoris, sacó un cuchillo y me pidió el dinero que había en la caja.

—Verá, es que aquí no admitimos efectivo. Todos los pagos se tienen que hacer con tarjeta. Ya sabe, por el coronavirus —le expliqué abriendo la caja registradora para que comprobara por sí misma que lo único que guardaba eran los resguardos de los pagos efectuados durante la mañana.

—¡Mierda! —explotó—. Pues dime cuál es el producto más caro de la tienda.

—Sin duda alguna, el consolador que tiene en la mano derecha.

—¿Esto?

—Sí.

—¿Cuánto vale?

—Cincuenta y cinco euros.

—¿Cincuenta y cinco euros por esta...? ¿Tanto gusto da?

En ese momento me temí lo peor: que quisiera que lo probara *in situ*.

Yo, que no sabía si aquello llevaba pilas o tenía que recargarse en la red antes del primer uso. Teniendo que explicarle que, a pesar de vender juguetes eróticos, no había manipulado uno en la vida. Y que de buena gana lo haría, si ese era su deseo; pero en otro escenario. Bajarme los pantalones y darle al *on* del aparatito de marras mientras una desconocida comprobaba si me lo pasaba bien, esperando a que me corriera delante de sus narices, no me parecía excitante ni de lejos. ¡Ni en la peor película porno de todo internet podría verse un argumento tan extraño!

Afortunadamente, su frustración por la falta de efectivo y el deseo de acabar antes de que pudiera acudir alguien a primera hora de la tarde fueron suficientes para que verbalizara su petición:

—Dame todos los que tengas.

—¿Todos? —insistí. No porque me pareciera increíble, sino por la inercia profesional de asegurarme de las peticiones de los clientes antes de acudir al almacén.

—¿Son muchos?

—La verdad, no lo sé.

—Mira en el ordenador —me sugirió acercándose a donde me encontraba.

—Ahora mismo —respondí sin apartar la mirada de la pantalla.

Las cajas del pedido matutino se habían convertido en mi fortaleza. Era prisionera en mi propio castillo de cartón, lo que impedía que se acercara más hasta donde me encontraba. Lo que me permitió lanzar la búsqueda y volver la pantalla ofreciendo el dato que me había solicitado en décimas de segundo.

—¿43 unidades? —dijo leyendo la cifra que le señalé con el dedo sobre la pantalla.

—Sí —confirmé. De nuevo movida por la profesionalidad y el nerviosismo del momento.

—Pues tráelas.

—Están en el almacén. Abajo. Tengo que ir a buscarlas hasta allí —expliqué.

—Estupendo. ¿Y a qué esperas?

Con más torpeza que acierto, cogí las llaves de la puerta que conducía al sótano, donde se encontraba el almacén. Esquivé como pude las cajas y pasé junto a la atracadora, que cerraba por completo la persiana de la tienda. Luego me cogió del brazo y me dijo: «Ni se te ocurra hacer tonterías».

Temblando como un flan, me adentré en el pasillo central de la tienda; el que iba directo al sótano. La mujer me seguía. Tenía intención de acompañarme hasta la parte baja de la tienda, lo que multiplicaba las posibilidades de que mi nueva aventura laboral (no contemplada como plus de peligrosidad en ningún convenio) acabara de la peor manera posible. Por ello, al pasar cerca de los espráis entumecedores, cogí uno, lo abrí y, sin pensarlo dos veces, lo rocié al completo sobre la cara de la atracadora.

No se trataba de espray pimienta, pero si era capaz de retrasar la eyaculación, bien podría servir para paralizar los ojos y la boca de aquella entrometida, dándome tiempo para pedir ayuda. Y funcionó. La chica se llevó las manos a la cara escupiendo numerosos insultos mientras preguntaba qué le había hecho. Un monólogo al más puro estilo de Calderón de la Barca que la desorientó, dándose un golpe tremendo con un expositor de alargadores de pene que cayeron sobre ella como si de un bombardeo se tratara.

Tras coger el cuchillo con el que me había intimidado, corrí hacia el mostrador y busqué mi teléfono con la intención de llamar a la policía. Pero, como siempre que necesitas algo, mi terminal no tenía cobertura. Lo único que conseguí al manipular las teclas fue accionar el *bluetooth*, lo que hizo que se accionara una lista de reproducción musical que me había pasado mi jefa para crear un entorno más acogedor. Una mezcla de gemidos, notas suaves y susurros que a esas alturas del atraco parecían una broma de mal gusto.

El jaleo, sin embargo, me resultó productivo y aproveché para moverme sin que la atracadora —fuera de juego momentáneamente— supiera dónde me encontraba o qué hacía.

Como apenas tenía unos minutos de tregua y lo de pedir ayuda se antojaba una tarea a largo plazo, decidí pasar a la acción.

Como si fuera una exsoldado, fui haciendo todo aquello que se me pasó por la cabeza. Lo primero, accionar todas las bombas de llenado rápido de las muñecas hinchables, lo que me dio la posibilidad de contar, en pocos segundos, con mi propio ejército. Desnudo, sí; pero ejército al fin y al cabo.

Para protegerme la cabeza, busqué algunos de los gorros para despedidas de soltera que vendíamos y me los puse armando un racimo de pollas de espuma que evitarían cualquier golpe que tuviera como objetivo esta parte de mi cuerpo.

Y, como si de un arsenal de granadas de mano se tratara, me hice con tres cajas de huevos masturbadores que estaba dispuesta a utilizar de una manera muy distinta a la que en principio tenían.

Subida a lo alto de una de las estanterías, escondida entre cajas de lubricante y cremas vaginales, esperé a que la atracadora volviera en sí. Para camuflarme, empleé polvos comestibles sabor kiwi. Un potente afrodisíaco que me excitó más de lo que ya estaba por el peligro al que estaba expuesta. ¿Y esto para quién era, para hombres o para mujeres? A mí me sirvió, desde luego, era evidente que mi libido empezaba a remontar.

Nada más esconderme, conseguí contactar con alguien al otro lado del teléfono. Una señora que me hizo repetir hasta la saciedad la dirección de la tienda, la descripción de lo que estaba sucediéndome y me invitó a valorar el grado de urgencia de la situación en sí. Una conversación esperpéntica que bien pudiera ser la base de una broma de mal gusto o de una cámara oculta televisiva. «O manda a alguien ya a la tienda, o una de las dos no sale de aquí con vida», grité con todas mis fuerzas a la mujer que había al otro lado del teléfono.

En ese mismo instante, la atracadora, que había comenzado a recuperarse del golpe durante mi conversación telefónica, se puso en pie mirándome con los ojos inyectados en sangre.

Como si fuera una ametralladora, inicié una lluvia de bolas de huevos masturbadores que le dieron por todo el cuerpo, incluyendo la cabeza. Como no parecía suficiente munición para reducirla, decidí lanzarle todo lo que tenía a mi alcance, incluyendo las velas eróticas y todo tipo de geles lubricantes que encontraba a mi paso.

Nada parecía ser suficiente para parar a la bestia, que a medida que tomaba conciencia de lo que iba tirándole, más se irritaba. Los juguetes sexuales no parecían ser de su agrado.

De un salto, llegué a la otra estantería, en la que se encontraba todo tipo de aparataje fetichista. Una bonita colección de látigos, fustas y azotadores que cogí en masa para defenderme.

Profundamente enfadada, la chica consiguió acercarse hasta donde yo me encontraba. Momento en el que quise golpearla con un látigo al más puro estilo Indiana Jones. Un truco que pareció reconocer al instante, pues rápidamente consiguió quitármelo de las manos. Ahora estábamos las dos armadas.

Sin embargo, la tía parecía haber sido *cowgirl* en otra vida. En dos golpes consiguió azotarme en las piernas, dejando un rastro de picor que, unido al polvo comestible, en lugar de dolerme, despertó en mí un deseo desenfrenado. Tuve que sacudir la cabeza fuerte para ignorar la calenturienta imagen que estaba tomando forma en mi cerebro.

Supongo que movida por esa necesidad, mis sentidos se agudizaron, centrando su atención en la zona en la que se encontraban los consoladores. De entre todos destacaba una polla de silicona tamaño XXL denominada «El tamaño sí importa». Una verga de color rojo sangre que empuñé como si de la propia Excalibur se tratara, abalanzándome hacia mi adversaria como si fuera un kamikaze.

Hoy en día aún no sé cómo funciona «El tamaño sí importa» en el interior de una cavidad vaginal o anal, pero en la cara y en las extremidades hace daño. O, al menos, eso provocó en el cuerpo de la atracadora, que ante la lluvia de pollazos cayó derribada. Un desplome que me supo a victoria.

Como siempre ocurre en las películas, el Séptimo de Caballería no tardó en aparecer. Y, tras un breve reconocimiento médico a las puertas del local, volví a mi casa. Eso sí, sin separarme en ningún momento de mi amigo XXL, a quien tengo escondido bajo mi almohada —en el cajón de la mesita de noche no cabía— por si vuelvo a necesitarlo. Quién sabe si esta vez podré responder adecuadamente a la eterna pregunta que me hace la clientela: ¿el tamaño importa?

Confluencia en la residencia

Elena Tejedor

Elena Tejedor Gómez

Nació en Sevilla en 1988, creció y estudió Farmacia aún no sabe por qué.

Desde niña le encantó leer y en 2015 se apuntó a clases de escritura con Diana P. Morales. Ha escrito un par de novelas, aún no publicadas, y ha ganado varios concursos y publicado algunos relatos y microrrelatos en diversas antologías, como «Encuentros» y «Renacimiento» en *Atrasis. Cuentos de nueva fantasía*, vol. 2 y 3, de Triskel Ediciones.

Su otra gran pasión es la naturaleza: le gustaría dedicarse a la restauración ambiental y/o la adaptación de ciudades y pueblos al cambio climático, o simplemente a mirar el mar con un cuenco de salmorejo en la mano. Es vegetariana y convive con un gato llamado Nieve.

Los Simpson son su principal referente en la vida.

Confluencia en la residencia

Elena Tejedor Gómez

Que Joana es gilipollas lo supe desde antes de conocerla, que acabaría loca por sus huesos tardé un poco más, porque yo tampoco soy muy lista.

Aunque me mostré de acuerdo con ingresar en la residencia de la tercera edad, llego en uno de mis días negros. De pronto, el traslado me parece absurdo, una comedura de cabeza por parte de mis sobrinos, completamente innecesario para una señora autosuficiente y en sus cabales como yo.

Ambos me llevan, como escoltándome por si me da por escapar, cosa que me plantearía hacer si no fuera porque Javi lleva el transportín con Ada, mi gata, y no voy a ir a ninguna parte sin ella.

—Vamos, tía, estarás muy bien, harás amigos... —trata de animarme Alicia.

—¡Yo no quiero amigos, ya tengo demasiados! ¡Y después tengo que acudir a sus funerales!

—¿Pero recuerdas la inmensa biblioteca que tiene?

—Tengo más de dos mil libros en mi *e-reader*, me voy a morir antes de leérmelos todos.

—¡Pero en la biblioteca hay aún más! Y música, y series, y también está la sala de juegos de realidad virtual... Y la piscina, tía, piénsalo, cuando llegue el verano podrás estar todo el día en el agua como un pescadito.

Eso sí me hace dejar de refunfuñar. Aunque he conseguido estar muy a gusto en mi piso abarrotado de plantas y libros, cada verano vegeto moribunda, sin querer abandonar el radio de frescor que genera mi ventilador, ya que el aire acondicionado me sienta mal.

Algo más contenta, atravieso la puerta de la residencia, y tras saludar al recepcionista, llegamos a mi habitación, donde mis sobrinos insisten en colocar el contenido de las maletas en las estanterías y armarios.

Supongo que temen que si no lo hacen yo me limite a sacar el cepillo de dientes, el camisón y el libro de turno y me niegue a salir del cuarto, cosa bastante probable, así que no puedo culparlos.

—Ya es casi la hora de la comida, tía, ¿quieres que nos quedemos contigo?

—¿Qué pasa, creéis que no sé comer sola? Ya os podéis ir, que tendréis cosas más interesantes que hacer que pasar el día con una vieja loca.

—Pasar el tiempo contigo siempre merece la pena, tía —dice Javi con su sonrisa deslumbrante, tan zalamero como su padre.

—Claro, claro... Anda, idos ya, que bastante habéis hecho. Ada y yo estaremos bien.

Tras pasar un ratito leyendo, me armo de valor para dirigirme al comedor: detesto conocer gente nueva. No sé qué decir, cómo actuar... Pero el hambre es el hambre y una bandada de viejos no me va a impedir alimentarme.

Me pongo la túnica violeta ceñida al pecho y peino mis larguísimos cabellos blancos: la primera impresión es importante.

Solo me pierdo un par de veces gracias a las flechas de colores que hay por el suelo.

El comedor es un lugar agradable, como toda la residencia, con las paredes pintadas de azul cielo y mesitas de madera redondas para seis comensales.

Al fondo está el camarero, al que se puede pedir el plato elegido del menú del día. Empiezo a dirigirme hacia él cuando un color rojo eléctrico atrapa mi atención y fijo la vista en la poseedora de aquella melena: Joana.

Verla me trae recuerdos de un pasado remoto que trato de ignorar. La boca se me seca y mis rodillas tiemblan, pero me obligo a actuar con aplomo: sigo caminando hacia el camarero y pido mis platos, para después sentarme en una mesa con tres ancianas de aspecto no muy decadente.

Me esfuerzo en sonreírles y hablarles con amabilidad mientras como, ignorando los pinchazos que siento en la nuca: Joana también me ha visto, estoy segura. ¿Se acordará de mí? Si no está senil, doy por hecho que sí. ¿Se acercará a saludarme? Yo fui quien interrumpió el contacto, y de malas maneras, además. Lo cierto es que ella se merece una disculpa, pero también es cierto que a mí no me apetece dársela. Al fin y al cabo, es gilipollas y se lo ha sabido montar muy bien allí donde yo caí por mi ingenuidad. Conmigo nadie se disculpó y yo no he sacado nada.

Que se joda y que me salude ella, si quiere.

***

La sonrisa se me congela en el momento en el que veo a Paula. La muy friki imita a Daenerys Targaryen, con la melena blanca y la túnica vaporosa. Y aunque sé que es tan ridícula e infantil como cincuenta años atrás, cuando la conocí aquella intensa primavera de 2015, no puedo evitar imaginármela a cuatro patas mientras amordazo su boca con mi mano y tiro de su pelo.

Aún recuerdo todas las veces que me toqué pensando en ella, todos los polvos que eché convencida de que no me quedaba nada para comerle la boca, el coño y el alma, antes de que se le fuera la puta olla y me dejara de hablar.

Zorra calientacoños. Qué ganas de atarla a mi cama y hacerle suplicar por mi perdón y mi cuerpo. ¿Seguirá teniendo esas piernas tan sexis de las que tanto alarde hacía? Sigue usando ese pintalabios que le perfila la boca como una diana perfecta... Y parece que continúa yendo de víctima por la vida, porque no se digna a saludarme, aunque estoy segura de que me ha visto. ¿Esperará que vuelva a ir yo a bailarle el agua? Ya le dije que no era mi culpa y ella me dejó de hablar, si ahora quiere algo, que mueva ficha.

***

A medida que pasan los minutos sin sentir su mano en mi hombro me voy impacientando cada vez más, así que en cuanto acabo la comida me disculpo con mis nuevas amigas y corro a encerrarme en mi habitación, esperando aplacar todos los sentimientos que ver a Joana ha despertado.

Me tiro en la cama y trato de leer, pero las palabras reptan por el libro y se escapan y solo queda en mi mente el cabello rojo llameante de Joana. Es teñido, seguro. Lleva los ojos tan contorneados de negro como antes y ahora parecen enormes en su rostro chupado por la edad. Trato de decirme que está vieja, fea y que ya no despierta mi deseo, pero estoy ya acariciándome y pensando a qué sabrá su boca, en cómo será tomarla de la cintura y besar sus labios, enterrar mis manos entre las llamas de su cabello y olvidar entre sus brazos el dolor y la decepción de lo ocurrido cincuenta años atrás.

Recurro al Satys Pro-69 para regalarme un buen orgasmo a la salud de Joana y la fracasada confluencia y no puedo evitar acabar con un fuerte gemido.

¿Cómo de finas serán las paredes de la residencia?

Tenemos botones con los que llamar a los trabajadores, pero me pregunto si también irrumpirán en las habitaciones por gritos y gemidos. Nadie acude y me relajo, al menos hasta que vuelvo a intentar leer y otra vez la melena ígnea de Joana barre todas las palabras.

Me jode no ver a Joana en la cena y me jode que me joda. ¿De eso va a depender mi humor ahora, de ver o no a esa vieja psicópata? Para ser justa, también yo soy vieja. Y algo de psicópata también tengo, por eso me gusta Joana.

Me gusta Joana. Solo ha hecho falta pasarme la tarde tocándome pensando en ella para que lo reconozca.

En otras personas algo así no tendría mayor importancia, pero a mí rara vez me gusta alguien, más que nada porque todos me parecen gilipollas. Y Joana también es gilipollas, sin duda, pero tiene esa sonrisa sarcástica permanente y esa manera de prosperar en los naufragios de las buenas intenciones que me hace suponerle una astucia excitante, el tipo de inteligencia enfermiza que puede compartir con Berlín o Hannibal Lecter.

Me gustaría ser una niña buena y solo desear a las personas intachables, pero soy una vieja que se ha mirado al espejo suficientes veces como para verse estúpida y perturbada.

Y, aunque sea una gilipollas, me gusta Joana.

Es más de medianoche y, como de costumbre, no puedo dormir, pero ahora resulta que tengo un precioso jardín en el que puedo pasear con total seguridad como una bohemia de la vida, y eso voy a hacer.

Me pongo la bata sobre el camisón por si la noche refresca y me despido de Ada con una caricia en la cabeza.

Salgo intentando no hacer ruido, ya que, en teoría, tenemos prohibido deambular de noche. Me parece bien que haya normas para las personas que tienen la cabeza perdida, mas como no es mi caso, no creo que deba atenerme a ellas.

Voy directamente al jardín trasero, al que se accede a través de la piscina.

Hay una pequeña verja para impedir el paso, pero he pasado mi infancia saltando alambradas en el campo y una ridícula valla de medio metro no me va a detener.

Pronto me encuentro paseando entre los vetustos pinos y el laberinto de setos, acariciada por los rayos de la luna, como si estuviera viviendo en una leyenda de Bécquer. Camino embelesada por mi propia imagen cuando un aroma a marihuana me hace detenerme. Puede ser uno de los empleados de la residencia, pienso, pero un escalofrío me recorre el cuerpo y sé que es ella un segundo antes de escuchar su voz.

—No deberías estar aquí.

—Y tú no deberías fumar.

Joana está sentada en uno de los bancos de piedra y por respuesta se limita a lanzarme volutas de humo.

—¿Cómo has acabado en una residencia de ancianos? Pensé que tendrías una bonita familia que te cuidaría en la vejez.

—Tengo una familia preciosa y de momento no necesito que nadie me cuide. He venido aquí por la piscina, sobre todo.

Su risa me estremece y me siento a su lado, a unos treinta centímetros de distancia.

—¿Quieres? —Me ofrece el porro y yo niego con la cabeza.

—Oh, ya recuerdo. Tú no compartes mis vicios.

—Ese no.

Lanza el humo hacia las estrellas antes de sonreírme.

—Decidiste no compartir nada conmigo. De la noche a la mañana.

—¡No te hagas la víctima! Tú tenías novia.

—¿Y qué? ¿Crees que eso justifica tus actos? Me echaste de tu vida como si yo tuviera la culpa de lo que pasó, y sabes que no fue así.

Tiene razón. Me jode porque tiene razón.

—Sí. Lo siento. —A pesar de la vergüenza es como si soltara una losa. Una losa que he cargado durante cincuenta años—. No... No estaba bien entonces. No pretende ser una justificación, solo una explicación. Nunca debí meterme en esos líos, no tenía la frialdad suficiente.

—Eso te intenté explicar, pero tú elegiste desaparecer de mi vida.

—Tú desapareciste de Sevilla.

—Me fui a Madrid.

—Oh, lo siento.

—No estuve mal, hice muchos contactos interesantes. —Me guiña el ojo.

—No me cabe duda... Sabes sacar partido de cualquier situación.

—Cincuenta años y aún me guardas rencor por algo que yo no hice.

—Permaneciste en ese nido de víboras.

—¡Todo es un nido de víboras! ¿Aún no te has dado cuenta? Simplemente me adapté a las circunstancias, te repito que habría preferido que todo hubiese sido distinto.

Me acerco unos centímetros.

—¿Qué te hubiera gustado?

—Me hubiera gustado... confluir contigo.

Me pierdo en su mirada. ¿Ha querido decir que...? No puedo evitar lanzar una ojeada a su boca, de un rojo tan furioso como su pelo, y ella lo nota.

Se inclina y apenas roza sus labios con los míos antes de alzar la cabeza de nuevo, aunque continúa mirándome. Esta vez tengo que ser yo, así que me lanzo, buscando su boca, y esta vez es un beso lento, en el que mis labios recorren los suyos, morosamente, antes de que nuestras lenguas se encuentren. Acaricio su nuca mientras ella coge mi cintura y el tiempo se detiene mientras la luna nos espía.

—Joder —murmura cuando al fin nuestras bocas se separan, aún frente con frente.

—Sí, eso quiero.

—Ven.

Se pone en pie y tira de mí. Avanzamos lentamente porque paramos para besarnos en cada rincón, como una pareja de adolescentes cachondas, y así me siento ahora mismo, sin saber lo que me espera, pero ansiosa.

Joana me conduce a su habitación y cuando enciende la luz veo que el cuarto concuerda con lo que esperaba de ella. Muchos pósteres de grupos de Ska, algunos libros sesudos y revolucionarios en las estanterías, pegatinas y banderas con el símbolo antifascista colocadas con pésimo gusto.

Me empuja sobre la cama y cae sobre mí, nos besamos, gruñimos y mordemos, transformadas de señoras en bestias salvajes.

Bajo su camisón para liberar sus pechos, que al ser pequeños no han sufrido los efectos de la gravedad tanto como los míos. Su piel se ve morena y con manchas, reflejo de días de sol y arena en las playas, y recorro con la punta de los dedos sus clavículas y sus senos con la reverencia que se merecen, para continuar humedeciendo sus pezones con la lengua y pellizcándolos suavemente, aumentando la presión poco a poco, hasta que Joana me deleita con jadeos y gemidos cada vez mayores.

Trazo por su esternón y su garganta la vuelta a su boca, que me recibe con rabia, con dientes, con todas las ganas reprimidas durante cincuenta años.

Me gira, colocándose sobre mí, me quita la bata y después el camisón, con el que me ata las muñecas: lo engancha a una alcayata que hay sobre la cama.

Mentiría si dijera que me sorprende y mentiría si dijera que no me encanta. Ahora es ella la que recorre mi cuerpo con sus manos y su boca, deteniéndose bajo mi ombligo, lamiéndome el interior de los muslos y rozando apenas mi clítoris por encima de las bragas.

Se pone en pie.

—¿Vas a por velas?

—¡Ja! No, eso son chorradas de comeflores como tú.

Alcanzo a ver cómo hurga en un armario hasta sacar varios objetos.

—¿Qué te apetece probar? —pregunta aún dándome la espalda.

—¿Qué propones?

Se vuelve, escondiendo aún la mano derecha tras la espalda. Sobre la izquierda tiene un tarrito de cristal marrón.

—Aceite de marihuana. ¿Lo has usado alguna vez?

—Hace mucho tiempo. Dale.

Se acerca a mí, deja algo que aún no he visto bajo la cama y me quita las bragas. También ella se desnuda por completo y me sorprendo deseando su cuerpo, enjuto y flácido, con la misma intensidad con la que deseaba imprimir mis dientes en sus carnes tersas cincuenta años atrás.

Extiende el aceite con cuidado, insistiendo en mis pezones, mis axilas y mis pies... avanza lentamente antes de empezar a deslizar sus dedos ungidos entre los pliegues de mi vagina, mi ano y mi clítoris.

Muevo las caderas, ansiosa de un contacto más intenso, de que me coma o me toque hasta correrme, pero se aparta y empieza a embadurnarse en aceite.

—He traído otro juguete para entretenernos mientras surte efecto —dice sacando la fusta que previamente había escondido, y yo suelto una carcajada. Estaba esperando algo así. Es negra, con muchas colas y parece una extensión perfecta para su mano.

—¿Esto también lo habías probado?

—No.

Hace restallar la fusta contra mi muslo, no muy fuerte, pero tampoco flojo. No puedo evitar un pequeño grito de sorpresa y algo de dolor.

—Qué delicada... —Desliza las colas por mi torso—. Tendré que ir con cuidado.

El segundo fustazo es algo más intenso, aunque lo disfruto más al esperarlo. Flagela mis muslos antes de darme la vuelta y empezar a azotarme el culo con bastante más fuerza. Yo me noto más cachonda y más húmeda a cada golpe, seguramente porque el aceite está empezando a hacer su efecto. Me venda los ojos con uno de los muchos palestinos que cuelgan de su perchero y me muerde con avidez el cuello. Hacía años que no me mordían así: grito de placer. Va intercalando mordiscos, azotes y tirones de pelo y yo me vuelvo cada vez más loca.

—Fóllame —le pido, al borde del orgasmo y las lágrimas.

—¿Qué pasa, ya estás cachondísima? —acompaña sus palabras de un arañazo en mi espalda.

—Sí, fóllame. Por favor, Joana, por favor.

La fusta me golpea con aún más fuerza y yo muevo las caderas, ansiosa de tener sus dedos o su lengua o lo que ella quiera acariciando mi clítoris.

—Con lo que sea, como sea, por favor.

—Cómo me gusta oírte suplicar, zorrita mía —susurra en mi oído mientras roza mi clítoris con la punta de sus dedos.

Trato de frotarme contra su mano, pero ella la retira.

—Shhh... el ritmo lo marco yo. Más te vale estarte quieta si no quieres que pare.

Es un suplicio notar cómo me toca con suavidad, calentándome más y más, pero sin permitirme correrme.

—Por favor, Joana... —mi súplica es apenas un suspiro ahogado.

—Paciencia —me dice tirándome del pelo con violencia—. Tú me has tenido cincuenta años esperando, no te vas a morir por unos minutos más.

—¿Y si sí? ¡Soy muy mayor!

—¡JA, JA, JA, JA! Fóllame no vaya a ser que me muera antes. Mira, ese argumento no me lo habían dado nunca. Lo compro.

Se separa de mí y la oigo andar por el cuarto antes de volver a la cama.

Vuelve a acariciar mi clítoris y esta vez introduce uno de sus dedos largos y huesudos en mi vagina.

—Qué estrechita. Tendré que ir con cuidado.

Saca su dedo mientras sigue acariciándome y noto cómo algo más grueso se introduce lentamente en mi vagina. ¿Un arnés?

Empieza a moverse rítmicamente y nuestros gemidos se acompasan. Siento la tensión acumulándose cada vez más y más entre mis piernas, los dedos de Joana jugando con mi ano y sus embestidas y gemidos cada vez más fuertes, hasta que exploto en un orgasmo que sacude cada nervio de mi cuerpo: grito como hacía años que no gritaba, ella también grita, cae derribada sobre mi cuerpo y yo sobre la cama, con las muñecas aún sujetas a la alcayata por el camisón. Recuperamos el aliento a jadeos y yo no puedo evitar echarme a reír pensando que tarde o temprano vendrá una enfermera para asegurarse de que estamos sanas y salvas.

—¿De qué te ríes?

—Me he imaginado que ahora abrieran la puerta para comprobar que no nos hemos roto la cadera.

—¡Ja, ja, ja! ¿Por qué crees que me aseguré de tener una habitación que diera al muro exterior?

Ambas reímos, sin motivos ya, tratando de asimilar lo ocurrido. Joana me libera de la venda y las ataduras de mis muñecas y se quita el arnés.

—¿Quieres probar algo más?

—Sí.

Sin dudas, sin matices. Un sí rotundo.

Una vez más, Joana abandona la cama, pero esta vez no va al armario, sino a un cajón de la cómoda de donde saca una pequeña cajita.

Se acerca a mí y me ofrece una píldora rosa chillón y un vaso de agua.

—¿Qué es?

—¿No te fías de mí?

—Claro que no. Eres una trepa mentirosa y rastrera con un alto grado de psicopatía.

—Oh, vaya, muchas gracias. En ese caso, ¿qué más te da lo que te diga? Puedo mentirte de todas maneras.

Cojo la píldora y me la trago con un sorbo de agua.

—Pensé que no te fiabas.

—Y no lo hago. Pero, total, si palmo, el problema lo vas a tener tú.

—Ja, ja, ja, ja. Eres una niñata insolente y soberbia, pero tan divertida... —Joana me besa e inmediatamente después toma ella también una de las píldoras.

Nos besamos con suavidad, queriendo compensar en una noche todos los años que la vida nos tuvo separadas, y acaricio su pelo de fuego hasta que noto cómo pequeñas llamas empiezan a crepitar entre mis manos. Está empezando.

Nuestras lenguas son dos ríos que confluyen haciendo que se mezclen todos los peces, azules y naranjas, bailan juntos y nacen miles de alevines arcoíris que se desparraman por la cama.

Mi entrepierna es una cascada de la que mana ambrosía y Joana repta por mi cuerpo de tal modo que puede degustarla mientras yo me deleito con la suya, acaricio con extrema suavidad el interior de sus muslos, que sabe a frío acogedor. Me sumerjo entre los pliegues de su vulva húmeda con sabor a cannabis, recogiendo purpurina que explota en mi boca en notas musicales de puro amor.

Le escribo «te quiero» con la punta de la lengua sobre su clítoris y mis palabras bailan por la estancia como dos cocodrilos con chaqué mientras yo me convierto en leche condensada y almíbar en su boca.

Nadamos la una en la otra y ahora la veo como sirena. Lamo su garra de águila y le ofrezco mi mano para que la devore mientras su canto celestial me arrulla: ella acoge mi extremidad como el regalo que es, pero en lugar de comerme me chupa, despacio, tan despacio que para el tiempo y solo estamos mi mano y su boca, mi pulgar y el filo de sus dientes acariciándolo, mi pulgar saboreando todo el brillo de su sonrisa, su saliva susurrándome los secretos de todas las serpientes del mundo y, de pronto, se reanuda el tiempo, nos besamos y su boca sabe a mi mano y a serpiente y a águila y yo puedo volar mientras cambio de piel, y dejo de ser una vieja de carnes flácidas para ser una diosa araña: miro a mi amada con ocho ojos, y veo ira, deseo, miedo, crueldad, ternura, alegría, desprecio y sorpresa.

Y una tras otra lamo sus emociones, que saben a fresas y mariposas, y queda limpia, reluciente y purificada, y es ahora cuando ella me mira: me mira de tal manera que me desnuda la piel y es capaz de ver, y yo también, mi corazón aún roto, sangrante y supurante. Aúllo y grito el dolor sepultado: todos los sueños de lo que pudo ser y no fue por los egos desbocados de unos cuantos imbéciles. Lloro y lloro, me disuelvo en llanto y Joana con cuidado infinito aplica las llamas de su melena a mi corazón, cauterizando la herida, y después aplaca el ardor con saliva.

Me siento en paz, libre y ligera, tan ligera que puedo volar. Abro mis alas de par en par y me alzo, vuelo en círculos junto a Joana por un cielo blanco, simplemente felices, sus plumas acarician mis costados y nos agarramos la una a la otra. No quiero abrir los ojos, pero no me hace falta para notar cómo

Joana monta sobre mi regazo, cómo apoya su coño sobre el mío y empezamos un baile lento y suave que hace que el placer se levante en oleadas que escapan por mi boca. Joana la tapa con la suya para contenerlo, circula por nuestro cuerpo, fluye de mi boca a la suya, de su coño al mío, creciendo, expandiéndose por cada célula, el latido de nuestros corazones se acompasa para besarse a través de nuestras costillas, se forma un lazo de luz entre su corazón y el mío, su útero y el mío, su mente y la mía. Clava sus colmillos en mi labio inyectándome su veneno de serpiente, me retuerzo de felicidad y me corro en un orgasmo que se alarga como las siete lunas a las que Joana y yo les aullamos mientras nuestras carnes se disuelven, nuestros huesos se sueldan y ya no hay diferencia entre ella y yo, somos dos y una e infinita, e infinita saliva nos llena la boca, infinita oxitocina bombea nuestro útero, riadas de serotonina y dopamina nos saturan el sistema nervioso y nos disolvemos en puro gozo.

No sé en qué momento la realidad empieza a volver a definirse, bajo nosotras aparece una cama y nuestros cuerpos vuelven a ser los de dos viejas, desnudas, sudadas y húmedas.

Me acomodo entre sus brazos, agotada, sin poder siquiera abrir los ojos.

—Te quiero, gilipollas —susurro.

Ya en la frontera del sueño, me llega, como desde otro mundo, su respuesta.

—Yo también te quiero, comeflores.

El espíritu
de las bragas rojas

Juana de Sastre

Juana de Sastre

Absurda existencial nacida en los ochenta a la que le gustaría dormir unas doce horas al día, pero no puede porque tampoco tiene tanto sueño. Estudió Filosofía porque le habían dicho que así fumaría muchos porros, pero luego resultó no ser verdad en absoluto. Sobre todo, los echó en falta cuando trabajó de profe durante once años y casi acaba loca perdida. Afortunadamente, la despidieron (por lesbiana, lo más probable, aunque la versión oficial es que la nueva ley de enseñanza redujo las horas de su asignatura) y ahora se dedica a trabajar lo menos posible y a ver pasar la vida, cuando su hija la deja. Le gustan los bocatas y nunca ha bebido café. Ahora mismo está disponible si te apetece tener una crisis vital profunda.

El espíritu de las bragas rojas

Juana de Sastre

«A-N-T-E-S/D-E/L-A/Ú-L-T-I-M-A/C-A-M-P-A-N-A-D-A/
D-E-B-E-S/T-E-N-E-R/U-N/O-R-G-A-S-M-O/C-O-N/A-L-
G-U-I-E-N/Q-U-E/L-L-E-V-E/P-U-E-S-T-A-S/U-N-A-S/B-
R-A-G-A-S/R-O-J-A-S».

Cuando terminé de copiar la última palabra del mensaje —lo que me llevó un buen rato, pues la güija desconoce las velocidades de este siglo—, no supe qué decir. Me limité a respirar hondo antes de leérselo en voz alta a Tere, quien se había encargado de deslizar el puntero mientras me dictaba cada letra después de que aquel espíritu burlón nos hubiese ordenado empezar a copiar.

—¿Pero a quién se refiere? ¿A ti o a mí? —dijo Tere mirándome incrédula.

—No lo sé, pero creo que el espíritu nos va a sacar de dudas —contesté mientras observaba cómo los dedos de Tere comenzaban a moverse sobre el puntero.

—¡Corre, apunta!

«A-N-A».

—¿Yo? ¿En serio? Venga, hombre. Y si no lo hago, ¿qué pasa?

—¡Vuelve a apuntar! Ahora está yendo muy rápido. —El puntero se movía de una letra a otra con un ritmo casi frenético.

«M-A-L/S-E-X-O/D-E/P-O-R/V-I-D-A».

—¡¿Qué?! O sea, que si no tengo un orgasmo antes de las doce con alguien que lleve puestas unas bragas rojas, ¿voy a tener mal sexo lo que me queda de vida? ¡Pero qué me estás contando, espíritu de los coj...!

—¡Calla! —exclamó Tere silenciando mi exabrupto—. Que te está oyendo... —Y señaló el tablero con la cabeza mientras su mirada adquiría un gesto de advertencia.

—Esto es una soberana tontería, vamos a despedirnos de él —le dije a Tere que, acto seguido, formuló las palabras propicias para liberar al espíritu de nuestra improvisada invocación. Sin embargo, antes de que se marchara, comenzó a formar lo que parecía ser una última frase. Cogí el bolígrafo de nuevo y apunté.

«F-E-L-I-Z/F-I-N/D-E/A-Ñ-O».

Ahora sí, el puntero se deslizó hasta la palabra «Adiós» y no volvió a moverse.

—Bufff... —resopló Tere apartando por fin los dedos del puntero—. ¿Qué vas a hacer?

Su pregunta me desconcertó, porque no pensaba hacer nada en absoluto. Pero cuando vi cierta inquietud en sus ojos, comencé a dudar.

—No sé, tía, estas cosas son de coña, ¿no? —dije con tono despreocupado—. ¿Qué va a pasar si no follo antes de medianoche? ¿De verdad nunca más tendré buen sexo? Venga...

— Ya... Sí, quizás tengas razón... Pero... ¿Y si se cumple? —La inquietud en la mirada de Tere se agudizó dejando paso al miedo. Y me empezó a dar un mal rollo...

—Que no, tía, cómo se va a cumplir...

—Ya... Bueno, es verdad. Pero... ¿Y si se cumple? —repitió.

—Joder, Tere, qué movida. ¿Por qué coño hemos tenido que hacer la güija precisamente hoy? ¡Yo solo quería pillarme un pedo en la cena para no tener que aguantar al petardo de mi cuñado y ver a Bisbal después de las campanadas!

—¿Ver a Bisbal? —dijo Tere sonriendo con ironía.

—Sí, es una especie de tradición familiar, ya te contaré la historia algún día —contesté intentando salir del paso.

—¿Por qué no me la cuentas ahora? —insistió mientras su sonrisa se pronunciaba aún más.

—¿Porque mi querida amiga, Teresa Buero López, quería tener una nueva experiencia vital antes de que terminara el año y me ha estado dando el coñazo hasta que ha conseguido que hiciéramos la güija? ¡Ah, espera! ¿Y también porque, como resulta que, por lo visto, se nos da de puta madre esto de lo sobrenatural, hemos contactado con un espíritu burlón que me ha echado una especie de maldición del sexo y ahora tengo que decidir si me resulta o no creíble?

—Vale, tienes razón, perdona. No es el momento de Bisbal, ejem... —dijo Tere mientras adquiría una expresión mucho más seria—. ¿Y si lo intentas solo por si acaso? Como no vuelvas a tener buen sexo en la vida creo que me voy a sentir muy, pero que muy culpable.

No sé bien qué proceso mental se activó en mi cerebro, pero, de pronto, empecé a visualizar escabrosas escenas de sexo y, en todas ellas, yo era la protagonista. Que si besos con demasiada lengua, que si caricias torpes, casi como manotazos, que si posturas imposibles en las que me descoyuntaba... Incluso creo que, en una de esas escenas, una mujer inquietantemente parecida a mi abuela comenzaba a besarme.

—¡Aggg! Está bien, maldita sea. Voy a intentarlo —sentencié—. Pero tú tienes que ayudarme, ¿eh? Que para eso me has metido en este lío.

—¡Claro, claro! Como que me llamo Tere que esta noche pillas cacho. Además, no creo que sea muy difícil. Entre tu encanto y que en Nochevieja todo el mundo lleva ropa interior roja, lo vas a tener muy fácil.

—No me hagas la pelota, que nos conocemos —dije con gesto reprobatorio. Y, de pronto, caí en la cuenta—. Solo hay un pequeño problema, bueno, más bien dos: ¿cómo narices voy a enrollarme con alguien si en una hora tengo cena familiar en casa de mis padres y nadie sale antes de las campanadas?

Tere se empezó a reír de forma tan despreocupada que por un momento pensé que realmente había dicho algo gracioso.

—Ay, Anita... Pero qué poco has vivido tú... —dijo poniendo su mano en mi hombro y propinándome ligeras palmaditas que me hicieron sentir la persona más estúpida del planeta.

Antes de que pudiera replicar, Tere me explicó con detalle lo que se le había ocurrido: primero tendría que llamar a mis padres y contarles que Tere había sufrido un desengaño amoroso tan desgarrador que se encontraba al borde del abismo y que, por tanto, tenía que quedarme esa noche tan señalada con ella procurando que no hiciera ninguna locura. Por su parte, Tere haría exactamente lo mismo con su familia. Segundo...

—¿Te acuerdas de Sonia? —continuó.

—Sí, claro, cómo olvidarla. Menuda chapa me pegó en tu cumpleaños sobre no sé qué rollo de que la libertad es un invento capitalista. ¿Por? No querrás que me enrolle con ella...

—¡¿Qué dices?! Ja, ja, ja. —Rio Tere—. Sonia no se fijaría en ti jamás.

—¿Por? ¿No acabas de decir que tengo encanto? —repliqué.

—Sí, pero eres demasiado superficial para ella, lo siento —dijo Tere encogiéndose de hombros.

¿Demasiado superficial? ¿Yo? Estuve a punto de volver a replicar, pero desistí porque miré el reloj y ya eran casi las nueve, así que insté a Tere a que me contara qué tenía que ver Sonia en todo este asunto.

—Sonia nunca celebra la Nochevieja. Le parece una tradición absurda y alienante. Así que, desde hace ya algunos años, siempre va a una fiesta que se celebra en el OhPaca. Tía, ahí pillas cacho seguro.

El OhPaca era un local de ambiente situado en la zona centro de nuestra ciudad. Lo conocía bien porque era uno de los sitios que frecuentábamos, aunque odiaba la música que pinchaban: demasiado alternativa para mi gusto. A pesar de eso, allí nos dirigimos después de convencer a nuestras respectivas familias de la necesidad imperiosa de no asistir a la cena de fin de año. Por lo visto, mi cuñado se llevó una decepción enorme. Pobrecillo, en realidad, yo era la única de la familia que le prestaba algo de atención, aunque solo fuera para contrariarlo.

Cuando llegamos al OhPaca eran casi las diez y media de la noche, lo que significaba que tenía una hora y media para encontrar a alguien que llevara bragas rojas y enrollarme con ella. A *priori*, no me parecía muy complicado, ya que, aunque jamás lo reconociera delante de Tere, sí era consciente de mi propio encanto y de mi capacidad para seducir. No sabía muy bien por qué ni cómo lo hacía. Simplemente, me fijaba en alguien que despertara en mí algo y utilizaba esa energía para compartir con ella lo demás. Sin embargo, esta vez la cosa no iba a resultar tan sencilla...

—¡Hola, chicas! —nos saludó Sonia con entusiasmo—. ¿Cómo es que habéis venido?

—Ya ves —contestó Tere—. Nos hemos animado a última hora.

—Muy bien, pues disfrutad de la fiesta. Justo a las doce comienza A *puerta cerrada* en la sala contigua, por si queréis echarle un ojo.

—¿A puerta cerrada? ¿Nos van a encerrar? ¿No va eso contra la normativa?

Tere y Sonia se miraron y, acto seguido, comenzaron a reír a carcajadas.

—Tía, Ana, que A *puerta cerrada* es una obra de teatro de Jean-Paul Sartre —dijo Tere sin parar de reír.

—Ajá, ¿y crees que no lo sabía? ¡Era una broma, chicas! —dije intentando salir del paso mientras cogía a Tere de la mano y la llevaba a un espacio aparte—. Joder, Tere, ¿A *puerta cerrada* de Sastre?

—¿Sastre? ¡Sartre! Ja, ja, ja —replicó Tere riendo aún más.

—¡Como sea, Tere, como sea! —contesté ofuscada—. ¿Cómo narices voy a ligar en esta fiesta, Tere? ¿Me lo explicas?

—Pero, vamos a ver, ¿y por qué no ibas a ligar? Para enrollarte con alguien no te hace falta saber quién es Sartre, ¿a que no?

—Ya, claro, bonita, ¿pero tú crees que en una fiesta donde van a representar una obra de Sas... Sar..., como se llame, habrá alguien que lleve puestas unas bragas rojas?

Tere dejó de reír y se quedó mirándome. No hizo falta nada más para saber que la respuesta era negativa.

—Vale, con esa mirada ya me lo has dicho todo. Joder, Tere...

—Lo siento, tienes razón —dijo apartando la mirada y dirigiéndola a la pista de baile, donde una veintena de mujeres movían sus cuerpos al ritmo de una canción desconocida para mí. Y, al instante, Tere comenzó a golpearme en el brazo.

—¡Ay, tía, qué haces! —exclamé dolorida.

—Ana, Ana, Ana... A las doce en punto.

—¡Pero cómo que a las doce en punto! —volví a exclamar desconcertada.

—¡Que mires! —dijo Tere cogiendo mi cara y dirigiéndola hacia el punto donde se suponía que tenía que mirar. Cuando mi rostro dejó de resistirse y giró hacia esa dirección, pude observar lo que parecía ser un hilo de esperanza: una chica agachada cogiendo algo del suelo y mostrando, en el momento en el que doblaba su espalda, la ropa interior que sobresalía por encima de sus pantalones.

—Rojas, Ana. ¡Son rojas! —exclamó Tere con entusiasmo.

Y tenía razón. Las bragas de aquella chica eran rojas. Así que me deshice de las manos de Tere y me acerqué hasta donde estaba. Después de que cogiera el objeto del suelo —unas llaves, por lo visto—, pude observarla en toda su plenitud: se trataba de una chica tan guapa que casi me pongo a darle las gracias ahí mismo al espíritu burlón que me había metido en aquel embrollo y que, en aquel instante, elevé a la categoría de ángel de la guarda.

—Vaya, veo que estás que lo tiras, ja, ja, ja —dije, consciente de lo ridícula y tópica que resultaba la frase. Pero ese mal comienzo no era un obstáculo para mí. En absoluto—. Perdona por la broma estúpida —volví a decir con mi mejor sonrisa—. Me llamo Ana.

Ella se llamaba Dani y pronto me resultó difícil apartar la vista de sus ojos castaños, inmensos y sonrientes, muy sonrientes. Tanto que no pude evitar soltarle un par de bromas tontas más para provocar que se achinaran otra vez y que me enamorara de ellos. Qué preciosos... Y sus labios no desmerecían en absoluto. Estaban delineados a la perfección, pero no por algún tipo de maquillaje o similar; se trataba de la línea natural que los contenía y que hacía que tampoco pudiera dejar de mirarlos. Así que iba de ojos a labios, de labios a ojos, en una secuencia que empezaba a resultarme maravillosa.

Y, por supuesto, ella lo notó, porque mi flirteo no solo estaba diseñado para que yo me deleitara, sino para que Dani se diera cuenta y lo aceptara o, por el contrario, me diera puerta. A ver, las sutilezas en la seducción para cuando se tiene tiempo, no para cuando se cierne sobre ti una maldición sexual. Por fortuna, Dani lo aceptó, vaya que si lo aceptó. Me cogió de la mano y me llevó a la pista de baile; esa iniciativa no pudo gustarme más. Allí me dejé guiar por la música —horrible, para mi gusto, pero qué importaba en este caso— y por el cuerpo de Dani, con el que no me costó ni dos minutos acompasar el mío.

Ella, de forma sutil, se acercó a mí cuando la música subió de intensidad y luego volvió a alejarse sin dejar de sonreírme. Me encantaba. Y más me encantó cuando se quitó la camisa hawaiana que llevaba puesta, se la ató a la cintura y quedaron al descubierto, gracias a una camiseta de tirantes, sus inmensos brazos, más propios de una princesa guerrera que de una lesbiana que acude a fiestas donde se representa A *puerta cerrada* de Sas... de Sar... Bueno, de ese.

No pude evitarlo, fue superior a mis fuerzas. TENÍA QUE TOCAR ESOS BRAZOS DE AMAZONA. Así que, ni corta ni perezosa, puse mis manos en ellos y los acaricié con sumo cuidado, como si fueran valiosas reliquias de tiempos remotos. Madre mía, qué tacto... No empecé a babear allí mismo porque una tiene su dignidad, aunque sea pequeña, y, lo más importante, porque, a continuación, y pillándome un poco desprevenida —sí, a mí, lo confieso—, Dani acercó su rostro hacia el mío y me plantó un morreo que casi tengo el orgasmo que buscaba allí mismo. De verdad que tuve que contenerme para no estallar.

Qué beso, madre mía, ¡qué beso! Resultó que los labios perfectamente delineados no solo eran preciosos, sino que su tacto era increíblemente suave, diría que exquisito. Y cómo se movían... Cantidad justa de labios, cantidad justa de lengua y, el sumun, su mano derecha cogiendo mi cara, lo que provocó que su bíceps se tensara y yo, que todavía mantenía mis manos en sus brazos —como para despegarse—, me volviera absolutamente loca.

En ese momento, aparté mis labios de los suyos, la miré, me miró y no hizo falta nada más: acto seguido, estábamos yendo hacia el baño. Allí fui yo la que tomó la iniciativa, el reloj corría y yo había perdido la noción de cuánto, así que mi orgasmo debía llegar lo más rápido posible. Después de echar el cerrojo, la cogí de la nuca y la acerqué a mí. Entre el tic tac que empezaba a escuchar en mi cabeza y volver a sentir sus labios otra vez junto a los míos, perdí la poca cordura que me quedaba.

Dani sonrió y se lanzó hacia mi boca. Labio superior, labio inferior... Una pequeña succión que se intensifica, un leve mordisco y labio libre otra vez. Tic, tac. Le quité la camiseta. Tic, tac. Mis manos se apoderaron de sus pechos. Tic, tac. Y mis pulgares jugaron con sus pezones. Fue ahí cuando Dani recuperó el control. Me empotró contra la pared contraria y, mientras mordía mi cuello, dirigió las manos hacia el botón de mi pantalón, lo desabrochó y comenzó a bajar la cremallera. Yo hice exactamente lo mismo: deslicé las manos hacia su cintura y comencé a desabrochar el suyo. Pero, en un intento por encontrar el comienzo de la cremallera, me di cuenta de que esta no existía. En su lugar, había una fila de botones durísimos —maldita ropa *vintage*— que me estaba costando un mundo y parte de las uñas desabrochar. Y, mientras tanto, el dichoso tic tac no dejaba de sonar en mi cabeza.

—A la mierda —me dije, y empujé a Dani de nuevo a la posición inicial: yo frente a ella y ella contra la pared. Así pude imponerme a la dureza de aquellos condenados botones y desabrocharlos uno a uno. La cuenta atrás hacia mi victoria, hacia mi orgasmo celestial, había comenzado: los pantalones se deslizaron por sus piernas, igual de trabajadas que sus brazos, dejando al descubierto su ropa interior. Y, entonces, casi me da un pasmo.

—¡No me jodas! —exclamé horrorizada—. ¡Pero si no son bragas! ¡¡¡¿¿¿Llevas calzoncillos???!!!

Dani se quedó boquiabierta.

—¿Perdona?

—No deberían ser calzoncillos. Deberían ser bragas. Maldita sea... —me dije a mí misma dándole la espalda a Dani e ignorándola sin querer.

—¿Qué coño estás diciendo, tía? ¿Me estás tomando el pelo?

—Seguro que no valen, por muy rojos que sean, me cago en mi vida —dije mientras comprobaba la hora en mi reloj y volvía a convertir a mi ángel de la guarda en espíritu burlón—. ¡Mierda! ¡Si ya son las doce menos veinte!

—Pero ¿qué es esto? ¿Una especie de apuesta o algo así? ¿Me puedes explicar qué es exactamente lo que no te sirve? —La cara de Dani comenzó a desencajarse, así que me pareció de lo más sensato largarme de allí. No podía arriesgarme a que esos puños de amazona terminaran incrustados en mis costillas o, peor aún, en mi cara. Pero, antes, no pude resistirme a darle un último beso.

—Perdona, Dani, ahora no tengo tiempo para explicártelo, pero te juro que es por una buena causa.

Salí rápidamente de allí y busqué a Tere, que parecía estar manteniendo una especie de debate acalorado con un grupo de chicas que yo no conocía de nada. Comencé a hacerle aparatosas señas para que se acercara, pero no me prestó ninguna atención, hasta que una de las chicas que sí me estaba viendo hacer el ridículo la avisó. Por fin, vino a mi lado.

—¿Lo has conseguido? —preguntó sonriendo.

—Tía, que no eran bragas —contesté.

—Cómo que no eran bragas...

—Que no, tía, que no eran bragas... ¡Eran calzoncillos!

—No fastidies... ¿Y qué vas a hacer?

—Teniendo en cuenta que quedan menos de veinte minutos para que den las doce y yo debo de ser la única persona en esta fiesta que lleve bragas rojas, pedirme un cubata y entregarme al destino.

Tere se quedó mirándome tan seria que por un momento pensé que le había dado un chungo.

—No te preocupes, Tere —dije para tranquilizarla—. El buen sexo está sobrevalorado. Aunque, con Dani... Madre mía, Tere, es que creo que hasta me he enamorado y...

—¿Has dicho que llevas bragas rojas? —me interrumpió de pronto.

Y antes de que pudiera volver a decirle que sí, que es que yo para esto de las tradiciones soy un poco supersticiosa —no en vano había aceptado el reto de un espíritu burlón—, me cogió del brazo con fuerza y me llevó hasta la habitación contigua donde, dentro de unos minutos, se representaría la obra de teatro de Sa... de su autor.

—Vamos, quítate las bragas —dijo Tere dejándome boquiabierta—. Venga, no hay tiempo que perder.

—Pero, tía, qué dices...

—¡Que te quites las bragas, Ana! Nos queda solo un cuarto de hora. —Y lo dijo con tanta firmeza que me bajé los pantalones y me quité las bragas mientras veía atónita cómo Tere hacía exactamente lo mismo. —Vale, dámelas, rápido.

—Pero ¿para qué quieres que te dé mis bragas? —pregunté sin entender nada aún.

—¿Tú que crees? —dijo cogiéndolas del suelo y poniéndoselas con rapidez—. Y ahora vamos a follar.

Me hubiera gustado mucho tener un espejo delante para poder ver la cara de panoli que se me debió de quedar cuando escuché a Tere proferir esas palabras.

—Pero ¿qué dices, loca?

—Que vamos a follar y vas a tener el mejor orgasmo que has tenido en tu vida. ¿O crees que voy a poder vivir con la culpa de que no vuelvas a tener buen sexo jamás? ¿Qué clase de amiga sería?

—Tere, tía, que dentro de diez minutos comienza A puerta cerrada y esto se va a llenar de gente.

—Perfecto, pues hagamos honor al nombre de la obra. —Acto seguido, Tere atrancó la puerta—. Ahora sí que está cerrada. —Y sin que casi pudiera reaccionar, Tere me cogió por la cintura y comenzó a besarme.

—Tere... —intenté decir que no, que aquello era una locura, pero sus labios no se apartaban de los míos y... comenzó a gustarme. La verdad, no tengo criterio, que me enrollara así con mi mejor amiga desde el colegio no decía nada bueno de mí. Aunque es bastante coherente si lo sumas a todo lo que había hecho desde la jodida güija. En fin, de perdidas... pues a los labios de Tere. Y a sus manos, también, las cuales me guiaron al centro del escenario y me tiraron sobre un viejo sofá estilo Segundo Imperio.

Tere se puso a horcajadas sobre mí. Sus labios fueron primero a mi boca para ir descendiendo y acabar en mi cuello. Su mano derecha en mi mejilla, el pulgar en mi barbilla. Y desde ahí comenzó un viaje que la llevó hasta la parte baja de mi camiseta, para meterse bajo esta, para volver a hacer el camino contrario deteniéndose en mi pecho izquierdo. Un escalofrío recorrió mi cuerpo. Esto no estaba bien, pero era tan jodidamente bueno.

De pronto, escuchamos un murmullo creciente al otro lado de la puerta. Tere detuvo su mano durante unos segundos y yo contuve la respiración. Ambas nos miramos, tratando de comprender. Entonces lo supimos: ¡eran abucheos! ¿Y ese sonido metálico de fondo? ¡El reloj de la Puerta del Sol!

—Está... bajando... la bola —balbuceó Tere, como en trance.

—¡Sigue! —grité mientras me agarraba con fuerza a su antebrazo y dirigía su mano al meollo del asunto.

Sus dedos comprendieron el mensaje al segundo. El ritmo y la presión se ajustaron a las necesidades de mi cuerpo: con cada nueva oleada, su mano se hundía un poco más, fundiéndose con el calor creciente que despedía cada poro de mi piel. Y, cuando empezaron los cuartos, nuestras miradas volvieron a encontrarse. Pero ya no era asombro lo que nos transmitíamos, sino un deseo consciente que desnudaba nuestra amistad. Durante un instante que me pareció eterno, el tiempo y el espacio dejaron de existir, colapsados por la contundencia de mis gemidos.

Apenas dejábamos atrás las primeras campanadas cuando mis piernas empezaron a temblar. Tres, cuatro, cinco campanadas. Ya casi podía sentirlo... Seis, siete... Todo mi cuerpo se puso en tensión, me agarré con más fuerza al antebrazo de Tere, como si fuera mi salvavidas. Ocho, nueve... Nuestras frentes juntas, su mano intensificando el movimiento, dejándome sin aliento. Diez, once...

Doce.

La miel más dulce

Laura Arenas Manzanares
Marina Tena Tena

Laura Arenas Manzanares

Nacida en Madrid en 1985, a Laura le encanta viajar y ha vivido en Gales, Bruselas y Boston. Es traductora e intérprete por formación, pero encontró su vocación casi por casualidad en la docencia y es a lo que se dedica. Le gusta la enseñanza porque cada día es diferente y plantea nuevos desafíos. Como la escritura, un reto continuo. Lectora compulsiva, devora todo lo que cae en sus manos, especialmente clásicos y literatura de género.

Ha publicado los relatos «Tres veces» en *Cuéntamelo otra vez* (Pulpture Ediciones) y «La decisión de Raleigh» en *A la caza de lo invisible* (Insomnia Ediciones), precuela de la *novelette El hambre de los dioses*, publicada por la misma editorial. *Bosques de estrellas* (Ediciones Dorna, 2019) fue su primera novela y también es autora de *Años de mercurio* (Hela Ediciones, 2021).

Marina Tena Tena

Devoradora de libros profesional y escritora aficionada desde la infancia.

Lo que más le gusta es escribir terror y entremezclar la diversión con la inquietud.

También ha sido elegida entre las diez finalistas del II Premio Ripley, con el relato «Las Raíces». Ha publicado su primera *novelette*, *Legado de plumas*, con Literup y *No escuches a la Luna* en la misma editorial. También ha publicado la antología de relatos *El terror tiene tu rostro* (Hela ediciones, 2020) y la novela de fantasía *Brujas de Arena* (Insólita 2021).

La miel más dulce

Laura Arenas Manzanares y Marina Tena Tena

Querido hermano:

Espero que esta misiva le encuentre bien. Al menos, así, uno de los dos lo estará.

La pluma se le rompió en la mano y sangró por todo el pliego. Era el cuarto intento de Catalina y los otros tres se le derramaban por la falda roja, heridos de muerte por su furia. Se miró las manos manchadas y desistió, no sin antes lanzar el tintero al otro lado de la habitación. El estallido del cristal contra el muro fue muy satisfactorio.

Esta era la carta que quería escribirle a su hermano:

No hay día, Segismundo, en que no me arrepienta de no haber seguido tu ejemplo y tomado los hábitos. Y mira que mi fe no es tan fuerte ni de lejos ni mis ganas tan piadosas. Pero no hay día, hermano, que no ansíe algo de tranquilidad, aunque sea tan yerma. No desde que la sucia rata traidora... Padre no cree que deba llamar sucia rata traidora al hijo de su mejor amigo, a quien en tanta estima teníamos en esta familia, pero padre no ha sido traicionado por la sucia rata, así que, a mi parecer, él no debería quejarse de mi elección de palabras. Si bien poco educada, es veraz. Pero, de acuerdo, intentaré llamarle por su nombre cristiano, por si padre decide interceptar esta misiva.

Bien sabes que Carlos anunció su compromiso con Diana Rivas el mes pasado, cuando siempre se había dado por hecho que él y yo nos casaríamos y nunca ningún pretendiente ha disputado su derecho. Pues no contento con eso, Segismundo, no contento con el desaire público, ¡eligió nuestra hacienda como lugar para las nupcias! ¿Habrá habido jamás tamaña ofensa? Dice que se debe al cariño que le tiene a estas tierras, en las que tantas estaciones ha pasado creciendo junto a nosotros. ¡Ojalá, bien te digo, ser las manos del segador que cosecha sin piedad el fruto dorado! Es más, ojalá poder volver atrás y que mi hoz rasgase los tallos verdes de afecto antes de que se volviesen estas malas hierbas. Lo odio, hermano, lo odio a rabiar y esta ponzoña no tiene antídoto.

Ayer llegó el cortejo de Diana, como un insulto escupido contra mi cara. No han visto estos muros dama más melindrosa y elegante. Tendrías que ver cómo luce su cabello rubio, como una cortina de oro bruñido, y con qué voz más pausada y culta habla. La odio también, por quitarme lo que era mío aunque nunca lo llegué a tener. No a Carlos, del que sé que jamás me libraré del todo y al que acabaré perdonando como todos hacemos con cada travesura suya. No. Diana me ha quitado la libertad que tenía tan cerca de los dedos y se pasea con ella por estos campos míos ceñida a la frente alta como una corona de emperatriz. La odio y si no tengo que volver a verla nunca después de hoy, será un alivio. La odio tanto que me voy a atragantar con mi propio veneno. Ay, hermano, ven a casa.

Después de vaciar su pecho sobre el papel, Catalina se sintió algo mejor. Las manos negras, como su lengua envenenada, profanaron la blancura y la limpiaron un poco. No pensaba dársela al mensajero, no podía hacerlo, pero confiarle los secretos a tan mudo testigo había ayudado a su calma. Al menos, hasta que tocaron su puerta. La señorita Rivas la necesitaba.

***

—¡Aquí está mi preciosa novia!

Carlos había entrado en su cuarto a solas cuando aún se estaba acomodando. Solo había una norma que su prometido seguía a rajatabla, y era la de ignorar todos los protocolos. La alzó por la cintura y, entre risas, le dio un sonoro beso en la mejilla. La recibió con la alegría con la que se recibía a un amigo muy querido. Y ¿acaso eran otra cosa? El señorito y ella se conocían desde hacía años, habían bailado, reído y alguna vez llorado juntos. Se habían confesado hasta lo más inconfesable. Que nunca querría hijos o esposa, dijo Carlos, con los hombros hundidos por una pesada responsabilidad que alguien le había puesto sobre ellos.

Que nunca querría a un hombre, dijo Diana, y se apoyó en él como si fuera un hermano.

¿Acaso no tenían las almas entrelazadas?

—Pues yo no me lamentaría si me quisieran casar con Catalina —había murmurado Diana aquella vez que el alba los sorprendió hablando. Tenía los labios húmedos de licor y los ojos de deseo—. Una dama alta, voluptuosa, de aspecto fiero. Parece una pantera, Carlos, y ojalá convertirme en un ciervo para que me diera caza.

Carlos estalló en risas. Sus carcajadas florecían como enredaderas de estrellas y siempre lograba contagiarla. Lo empujó, azorada.

—No se te ocurra confesarle que he dicho algo así. ¡Te asesinaré con mis propias manos!

—¿Con estas manos que doman panteras?

—¡Carlos!

Pero su risa era luminosa y el alcohol burbujeaba en sus cuerpos. Y en algún momento de esa noche tan brillante y tan larga, a su amigo se le habían iluminado los ojos como si fuera un visionario o un loco.

—¡Casémonos, Diana!

—¿Qué dices?

—Tú no tendrás que estar con un hombre, y yo no tendré que formar una familia. ¿No dice el obispo que un matrimonio es un equipo para toda la vida? ¿Qué mejor equipo que con mi querida amiga?

El anillo que le había puesto en el anular aún brillaba en su mano. Carlos le dio una vuelta en volandas antes de dejarla en el suelo.

—Debería arreglarme. Quiero estar impresionante para nuestra boda. Dicen que es el mejor evento para conocer damas. Y, hablando de damas... —Arqueó las cejas, con la comisura rebelde de sus labios empujando hacia arriba—. La pantera rabiosa se acerca.

—¿Está muy enfadada? —gimió Diana.

—La dejé plantada para casarme contigo y sabes lo difícil que es superarme. —Rio con labios traviesos—. Ya la he hecho llamar. Necesitarás ayuda para vestirte.

—¡Carlos!

Le lanzó las flores del tocador, pero su prometido las esquivó con gracia y trotó con las mejillas rojas y los rizos revueltos hasta la puerta. Cuando abrió, a Diana se le congeló la sonrisa, los hombros y hasta los pulmones. Catalina estaba allí, una tentadora visión carmesí, interrumpida en el gesto exacto de llamar. Bajo las finas cejas que parecían cuchillas del manto mismo de la noche, unos ojos del azul más brillante y despiadado la atravesaban.

—Para requerir mi ayuda, les veo muy ocupados.

—¡Claro que la requerimos, Catalina de mis amores! —Carlos no había sentido vergüenza en toda su vida, no iba a hacerlo ahora al coger las manos de su antigua prometida y darle un beso en el dorso—. Estoy seguro de que tú la harás brillar.

Catalina tensó los labios y pareció contener veneno. Diana forzó una sonrisa. Si creyese en algún dios, se arrodillaría ante la dama de sangre y sueño. Carlos se marchó, con pasos alegres, y las dejó encerradas. Diana se acordó de respirar cuando el fuego en sus pulmones se extendió por todo su cuerpo en un incendio que no sabía contener.

—Gracias por venir —murmuró cuando por fin encontró su voz. Se deshizo de la fina bata de tul sin dejar de mirarla. El vestido que llevaba era delicado, veraniego. Se acercó a la dama como una polilla que revolotea alrededor de las llamas a las que quiere entregarse. Le dio la espalda y se echó el pelo a un lado, ofreciéndole el cuello. Le ofrecería la vida entera, si quisiera tomarla—. El cierre está en la espalda. ¿Tiene a bien ayudarme?

***

Las palabras que la rabia quería gritar se las tragaban los modales, cadenas inútiles que solo cogían polvo en sus muñecas. Padre había sido muy cuidadoso con su educación, no fuera que alguno de los dos se pareciera a su madre, la que bailaba con lobos y se había montado en el viento de levante para no volver. Una bruja, decían. Con el tiempo, Catalina les había perdido el miedo a su madre y a su legado y había aprendido que aquel nombre significaba que era más inteligente que los hombres que se lo llamaban. Ojalá demostrar ser sangre de su sangre y convertir a Carlos en un sapo. En una culebra. ¡En una pequeña rata de cola raquítica! Se lo tendría bien merecido. La idea tenía su mérito y la distrajo de la indignación que la había dejado muda. Le dio el equilibrio que le faltaba.

Catalina se acercó, con pasos lentos y ensayados, como los del baile nupcial que nunca danzaría. Escondió a la espalda las manos negruzcas de la tinta que no había podido limpiar del todo y alzó la barbilla. De reina, hasta los andares. Aún le quedaba dignidad, aunque Carlos la hubiese pisoteado. Aunque Diana la mirase como el mismísimo sol deslumbrante y solo viese en ella una sierva. La odiaba con tanta fuerza que, al hablar, temía que el veneno se le escurriese y corroyera sus labios.

—Carlos tiene, sin duda, más destreza que yo en estas lides. Sin duda —repitió. Sus dedos peregrinaban por la tela fina entre los omóplatos—, ahora estará afinando sus dotes en algún rincón.

Se sintió muy satisfecha consigo misma cuando habló; era bueno ser más fuerte de lo que se daba crédito. Saboreó la ponzoña. Era suya y no quemaba. Sin embargo, Diana rio en respuesta. Un tintineo musical, como si le divirtiese ver su dignidad mancillada.

Catalina quiso callarla con un tirón tan fuerte que el vestido se abrió ante ella como pétalos fragantes. Se deslizó por los brazos de Diana hasta caer al suelo con un aleteo. La exhalación sorprendida de la dama no hizo sino resaltar la sensación placentera que la atacó de la nada y la volvió un poco imprudente. Un poco bruja.

—Lo has roto. —Diana salió de su capullo de mariposa, y dejó también atrás las enaguas.

—Oh, lamento la falta de calidad. Espero que pueda cambiar de modista.

—Me gustan las cosas delicadas. Puedo pedirle a mi sastre que haga un corpiño a tu medida, ya que tanto admiras el mío.

La frase la fulminó y prendió sus mejillas. Apretó los labios, porque no podía defenderse. La silueta de la dama se recortaba contra la luz y atraía su mirada, que se enganchaba en los contornos que la camisa ocultaba.

No podía defenderse, pero no tenía por qué aguantar su burla. Diana la ofuscaba y Catalina estaba demasiado rabiosa y acalorada como para ser rival. Sin querer admitir derrota, le dejó el corpiño a medio desabrochar. Bien podía apañárselas sola si era tan lista. Si se enredaba en las ataduras, solo tendría que usar su lengua afilada.

Se acercó a la jofaina. «Mira, qué buena criada se ha perdido el mundo por nacer privilegiada», pensó con sorna de su propia humillación y se volvió hacia la dama. El corpiño, que había seguido el camino de sus camaradas caídos, se le enredó en los pies. Culparía hasta el fin de sus días a la prenda traicionera, sí, y no a la provocación que era Diana, que dejaba que el sol la acariciara con su luz impúdica. Tropezó y jofaina, dama y servidora cayeron sin orden. Ellas a la cama y la loza por todo el suelo a su alrededor.

Asintió como una tonta cuando Diana le susurró que la había empapado. Ni siquiera pudo pedir perdón. El cuerpo de la doncella, grácil como un junco, se arqueaba bajo el suyo en busca de calidez. Claro, razonó, domando la histeria. Aunque el sol de justicia batía a plomo la hacienda, los gruesos muros mantenían fresco el interior.

—Deje que la ayude.

Las manos le temblaban, sin llegar a tocar la camisa que el agua pegaba a la piel de Diana. Dos pequeñas flores rosadas se transparentaban contra la tela. El aliento le temblaba también, con una emoción agarrada a la garganta que gemía sin voz y le erizaba la piel. Diana se deshizo de la prenda mojada y parecía más delicada y más deslumbrante que con todos sus adornos.

—Entonces ayúdame.

Catalina llevó las manos negras de tinta a esos pechos tan blancos. ¿Cómo iba si no a mantener el equilibrio cuando Diana la cogió del pelo e invadió su boca? «¡Qué falta de educación!», pensó y apretó con cuidado. En aquella guerra solo había lugar para los valientes. Diana quería someterla con su lengua, cálida y húmeda y tan habilidosa. Pero si había algo que Catalina no había aprendido nunca era a rendirse. Una parte de sí se agarraba las perlas, alarmada, pero su instinto tenía las riendas y cabalgaba el deseo salvaje que la recorría. Desplegó su ejército sobre los montes bajo sus manos. Escaló con caricias cada vez más atrevidas, hasta conquistar sus cimas, que tímidas se encogían y endurecían. Quiso probarlas y lo hizo; mordiscos delicados que sabían a gloria y que suavizaba después a lametones. Diana gimió sin pudor y le concedió la primera batalla. El sonido la llenó de orgullo, la prendió como lava. Desde sus bocas conectadas, le bajó por el esternón convulso y los músculos prietos hasta anidar entre sus piernas, donde latía y llamaba, llamaba.

—Diana.

Dijo su nombre aún contra su boca y ella rio. Chocaron los dientes, torpes, con el sonido de la pura felicidad. Cuando la dama la empujó, Catalina se dejó caer sobre el mullido lecho nupcial, perfumado y listo para bendecir la unión. Diana refulgía con la fuerza de una diosa y sus dedos le quemaban incluso sobre la ropa. Le sorprendió no estallar en llamas. No aún.

Sin prisa, Diana abrió su vestido rojo como la sangre, su corpiño anticuado, su camisa fina. La fue despojando de sus capas de protección con besos tan profundos que las dejaron sin respiración. Compartieron jadeos y se miraron, piel con piel por primera vez. Catalina sentía sus rodillas contra las costillas como un ancla que impedía que se perdiese en la marejada. Las agarró cuando el miedo quería que se cubriese y dejó que Diana la besase una y otra y otra vez. Acarició sus muslos blancos, cada vez un poco más arriba, un poco más valiente, pero sin llegar al aterrador premio. La dama tenía otros planes.

Devoró su carne de gallina, adoró sus pechos hasta que Catalina sintió que la diosa era ella y contuvo la respiración cuando Diana se arrodilló entre sus piernas como un penitente a punto de hacer su ofrenda. Nada de su educación de señorita la había preparado para aquello, pero su cuerpo sabía lo que quería y decidió que prefería ser bruja de todas formas cuando Diana besó su centro tembloroso y empapado.

Se mordió la mano para no gritar, pero lo hizo. Sentía demasiado, el placer la recorría y electrificaba. Catalina volaba. La lengua viperina de Diana le hablaba a su cuerpo en un lenguaje secreto que solo él entendía. La embrujaba y convulsionaba hasta dejarla ronca al borde del abismo. Y entonces, sus dedos llegaron a donde nadie había alcanzado y la empujaron con delicadeza hasta que cayó. El delirio embriagador se extendió por todo su cuerpo y Catalina se aferró a la melena rubia, cabalgando la ola.

Para cuando la dama emergió, con una sonrisa insolente y húmeda, la pantera estaba recuperada y lista para su turno. La dominó y arrinconó contra el lecho, la besó con ganas sin dejarse amedrentar por el nuevo sabor.

—Quiero... —Temblaba. Sentía que nunca dejaría de temblar y sería un precio pequeño si nunca tenía que alejarse de Diana—. Enséñame qué hacer.

Dejó una mano en su poder y la recorrió a besos y caricias mientras Diana la usaba. Se la metió en la boca y luego la llevó entre sus piernas, donde los rizos rubios cosquillearon sus dedos.

Con torpeza, Catalina acató sus órdenes y ruegos susurrados. Se deslizó entre los pliegues, suaves y dulces como la miel y estudió sus reacciones con atención. Ahí, justo ahí, la semilla suave, húmeda, que contenía tormentas. Un solo roce bastaba para liberar los rayos que zigzagueaban bajo la piel de Diana y hacían que se retorciera. Poco a poco llegaron a un ritmo sincopado, que hacía difícil devorar sus pechos como deseaba.

Pero Catalina era una mujer decidida y se las apañaba. Solo los abandonó para tragarse los gritos que terminaron de romper a su dama. Le sonrió, medio gato y medio bruja y le besó la frente sudorosa con dulzura.

Los sonidos de la casa volvieron a ellas gradualmente; el agua de la fuente del patio, los cantos de los pájaros, las voces de las criadas. El mundo que no las comprendería no se había detenido realmente, pero le daba igual. Catalina nunca se había sentido tan bien.

***

Diana sabía que habría quien las acusase de entregarse al diablo de saber lo que habían hecho. Si el diablo tenía las curvas de Catalina, su mismo cabello de la seda más negra y esas manos capaces de arrastrarla al paraíso, estaría encantada de venderle su alma. Se pasó la lengua por los labios y se giró para enfrentarse a los ojos de pantera, de bruja, de reina, de la mujer con la que yacía en la cama.

—Y yo que temía no caerte en gracia.

—No lo haces —ronroneó con una sonrisa perezosa que Diana acarició con los labios aún húmedos y cálidos. Aún con sabor a miel, a veneno y a ella—. Tendremos que vestirte para la boda que me has robado.

—Puedo compensarte compartiendo contigo la noche nupcial —murmuró Diana con voz dulce y tentadora, separándose de sus labios para recorrer su mandíbula con besos suaves y atrapar con los dientes el lóbulo de su oreja.

La noche de bodas no le había causado más interés hasta ese momento que cualquiera de las fiestas que compartía con Carlos, pero la nueva perspectiva hacía que el deseo y la anticipación se agitasen en su estómago. Catalina abrió sus labios para responder, o tal vez para ordenar cualquier cosa que Diana querría complacer, pero un golpe en la puerta las paralizó a ambas.

Apenas tuvieron tiempo de cubrirse bajo las sábanas. La puerta se abrió de par en par y un chico alto y moreno, con ojos sin color ni vida, las miró con algo que podría ser sorpresa o ira. Pero cualquiera de esas palabras se quedaban cortas. Agarraba la puerta con fuerza, como si fuera a escapársele.

—¡Segismundo! ¿Qué diablos haces aquí?

—Vengo porque me lo pediste. ¡Me lo suplicaste! Catalina, esto es... muy irregular.

Miraba hacia la ventana en lugar de hacia ellas con la concentración de un general ante la batalla perdida. Sus ropas eclesiásticas estaban cubiertas del polvo del camino y el cansancio se pegaba a él como si de una capa más se tratase.

—¿Yo? —La pantera miró a Diana y era solo un gatito. Resultaba casi gracioso si no pudieran perderlo todo por ello—. Yo no te pedí nada. ¿De qué hablas?

—¿Cómo que no? —Segismundo se acercó unos pasos, aún sin mirarlas. Esquivó los restos de la jofaina y el vestido rojo como una mancha de sangre por el suelo. En su puño apretaba un pliego maltratado, muy familiar.

—¿Cómo...?

—¡Has venido! —Carlos apareció entre carcajadas. Su risa empezaba a ser el sonido más aterrador del mundo—. Acompáñame, Segis... ¡padre! Qué raro se me hace llamarte así. Me alegra que hayas accedido a honrarnos con tu presencia el día de nuestra boda.

Diana intentaba contener una sonrisa que se escapaba, traviesa, a través de sus labios. Segismundo hizo un esfuerzo para fruncir el ceño, con la expresividad de una estatua.

—No pensaba venir para ser testigo de cómo desprecias a mi hermana.

—Yo diría que Catalina no parece muy contrariada ahora mismo. —Carlos tuvo la poca decencia de guiñarle un ojo a su antigua prometida, que se refugiaba bajo las sábanas con el cuerpo entrelazado al de su novia—. Pero vi su carta y estaba convencido de que solo sus palabras lograrían persuadirte. Acompáñame, creo que las damas están poco decentes.

Arrastró a Segismundo, con la expresión rígida y la espalda tensa, y lanzó un beso a las mujeres antes de cerrar la puerta. Diana ya no se esforzaba en contener la risa que tintineaba entre sus dientes. Catalina sentía el calor de sus mejillas y las preocupaciones que se agolpaban en su mente.

Se encargaría después de ellas, decidió. Porque Diana había cambiado las carcajadas por besos, mordiscos y caricias suaves con la punta de la lengua, con las que recorría su cuello, sus clavículas y sus pechos. A la boca de la rubia no le hacía falta decir palabras para robarle a Catalina las suyas, y enredó sus dedos entre su pelo rizado cuando ella siguió bajando y derramando calambres, como raíces, por su vientre.

Catalina decidió que no le importaba tanto vestir de novia como desvestirla a ella. Que era más fácil mezclar la rabia con el deseo y vengarse entre las sábanas. Y que era infinitamente más gratificante arrancarle gemidos con su nombre que llantos o gritos de furia. Después de todo, ¿quién prefería la sal a la miel más dulce, prohibida y dorada?

Pecado rural

Nairam Allábaz

Nairam Allábaz

Nairam Allábaz (Cádiz) es maestra en educación infantil y licenciada en Publicidad y Relaciones Públicas. Suele escribir fantasía, humor y poesía, aunque también se atreve a explorar otros géneros como la ciencia ficción. En 2018 su poema «Perdición» fue seleccionado para participar en la antología *Desde mi tumba* (Tintero de Bécquer) y publicó su cuento «El deseo de Amelia» en *Cuentos bajo el árbol* (Ediciones Hati). En 2019 fue seleccionada para *Por el Fólkvangr y el Valhalla: una antología vikinga* (Ediciones Freya) con su relato «Todos los vikingos van al Valhalla» y en 2020 repitió experiencia en la misma editorial con su relato «El amor en los tiempos del sepukku» para *Katana: una antología samurái*. También fue mención de honor en *Mundos sutiles* (Editorial Cerbero) con «¿Sueñan los detectives con payasos de la tele?».

También podemos encontrar su relato corto «Los caminos de la magia son inescrutables» en Lektu, el cual tuvo buena acogida entre los usuarios de Twitter.

Pecado rural

Nairam Allábaz

Si os soy sincera, no sé muy bien qué hago aquí. Supongo que, de nuevo, me he dejado llevar por mis impulsos. Ya son muchos años en esto; ser vampiresa siempre me vino como un guante, aunque últimamente tengo unos fetiches muy extraños. ¿Será el aburrimiento de tantos siglos en el mundo?

El mes pasado estuve con una joven contorsionista. No imagináis las cosas que me hizo en tan extrañas posturas: solo os diré que aquel bote de nata montada quedó inservible de todas las maneras posibles. Fue muy divertido, al igual que acabar en éxtasis mientras bebía su sangre desde el dedo gordo de un pie enroscado a su cuello.

No obstante, os juro que lo de hoy no me había pasado nunca. Conocer a Filomena era lo último que esperaba en mi eterna vida.

Y mucho menos que me excitara como lo hace. Ay, Dios; si me vieran los de mi clan me echarían a patadas por falta de *glamour*. Y es que no sé si estaréis al tanto, pero los vampiros somos la hostia de guapos, seductores, sexis... y por encima de todo tenemos estilo. Somos los Armani de la humanidad, los Dolce & Gabanna de la sociedad, la sensualidad fina y delicada de una actriz de los años cincuenta. Los Mary Poppins del universo: prácticamente perfectos en todo.

¿Quién iba a imaginar, pues, que me encontraría en mitad de Bollullos a punto de tirarme a una chica de pueblo?

***

Pero debería comenzar desde el principio y poneros en antecedentes, a ver si vais a pensar que he perdido la elegancia, y mira, no. Una nace diva y no se muere diva porque no puede, que si pudiera, lo haría: con mis taconazos de aguja, mi melena de alisado japonés y mis gafas de sol de reina de la noche. Sí, soy un cliché del mundo vampírico. ¿Qué esperabais?

También soy un poco borracha, sin embargo, eso ya es vicio.

A lo que iba. Yo estaba en Bollullos porque la cuñada de la prima de la nieta de la bisabuela de mi jefa del clan me lo había recomendado para descansar. Habíamos tenido varias misiones de incógnito para la mafia italiana afincada en Benalmádena (a ver sino de qué íbamos a trabajar los vampiros, que las hipotecas de nuestras doscientas mansiones no se pagan solas). Y claro, como eres vampiresa y vives para toda la eternidad, eso del contrato laboral de cuarenta horas a la semana no existe. Que como ni dormimos, ni comemos, ni necesitamos eso de la «conciliación familiar», al final estamos más explotados que una bomba en una peli de acción.

Total, que me dio un síncope, aunque no sabía que te pudiera dar siendo no-muerta, y acabé con un ataque de ansiedad —de verdad que ni vampiresa me libro de ella, santa Madonna del *Like a Virgin*—. Y ahí llegamos a mi viaje a Bollullos para encontrar la calma y la serenidad que me faltaba. Unas vacaciones forzadas en una casa rural, porque ahora el turismo que ofrece la empresa es el de pobres.

Para que luego me digáis que he perdido el *glamour*. YO. Ejem.

¿Tanto costaba mandarme a un hotel de los de todo incluido donde pudiera tener otro tipo de acción como practicar *aquagym* con jubilados o probar por primera vez el submarinismo en una playa tropical?

En fin, qué os voy a contar. Problemas del primer mundo.

El caso es que aquí estaba recién llegada, con mis maletas en un pueblo que, en mitad de la noche, parecía muerto. Ya me diréis qué encanto puede tener un municipio como este para una vampiresa cosmopolita como *moi*, que ni un *gin tonic* me podía tomar.

Entré en la casa para soltar mis bártulos y salí a pasear con la esperanza de que, por lo menos, me atacase un lince ibérico para darle emoción a mis vacaciones. Pero ni por esas.

Hasta que, al pasar por delante de una de las viviendas, los cerdos que descansaban en su pocilga empezaron a chillar. No los culpo; somos depredadores y las pobres criaturas lo saben, por lo que no puedo decir que los animales nos adoren precisamente.

Fue entonces cuando las luces de la casa se encendieron y una joven, ataviada con una bata rosa, zapatillas y un rodillo de cocina en la mano, salió lanzada dando gritos:

—¡Salid, salid si tenéis huevos, malas víboras! Que a mis puercos no los toca ni el alcalde, ¿me oís? ¡Os falta Bollullos para correr!

No estuvo muy fina, pues al rodear la casa en dirección a la pocilga, se chocó conmigo y se quedó con la cara encajada en mi magnífica delantera. Al sacarla de ahí, la miré, levanté las cejas un par de veces y dije:

—Apuesto a que esto no te lo esperabas.

No reaccionó, aunque pude ver cómo sus mejillas se encendían a toda velocidad. Agachó la cabeza y se apartó de mí, sin saber por dónde salir.

¡Los humanos sois tan adorables a veces!

La muchacha estaba de muy buen ver: tenía los brazos esculpidos de trabajar la tierra, la piel dorada de horas bajo el sol, una melena rizada cortísima y un cuerpazo de infarto en tan solo metro sesenta de estatura.

Luego pareció volver en sí porque se giró con firmeza y me dijo:

—No habrás visto por aquí a unos *mataos* que querían robárseme los puercos, ¿verdad? ¡Les voy a partir la cara como me toquen a mis guarrinos! Con lo bonitos que son, antes les abro la cabeza con el rodillo y me hago un plato de sesos al *jeré*.

—Me temo que el escándalo ha sido culpa mía. No suelo gustarles a los animales. Ni una mantis religiosa puedo tener como mascota. Se me han suicidado ya cuatro comiéndose a sí mismas.

En términos generales, soléis huir despavoridos al contar cosas como esa. Sin embargo, la joven mostró una curiosidad inusual.

—¿Que se comían a sí mismas, dices? ¡Eso cómo va a ser! ¿Tú les habías *dao* alguna lagartija, unas polillas o algo? ¡Que si las tenías muertas de hambre *normá* que se comportasen así! Si es que los urbanitas no tenéis ni idea de *bishos*, de *verdá*. ¡Un mes os tenía yo a base de limpiar mierda de gorrino! Se os quitaban *toas* las pamplinas que tenéis.

Os voy a ser sincera: me puso mogollón que me tomase por tonta. ¿Sabéis lo complicado que es que una persona te hable como a uno más cuando eres sobrehumanamente bella? La mayoría de las veces tengo que emborrachar a mis amantes para que sean capaces de abrir la boca. Se ve que en Bollullos eso de la guapura extrema como que no cala igual.

—Guau, veo que entiendes mucho del tema. No tendrás por casualidad una enciclopedia en casa sobre insectos, ¿verdad? —dije con sarcasmo.

***

Pues resulta que sí la tenía. Y aquí estoy. Sentada en su salón haciendo como que leo mientras ella corta leña en la parte de atrás del hogar.

—*Shiquilla*, estás *congelá*. Es que en Bollullos Par del Condado hace *musha humedá* y de Despeñaperros p'arriba no estáis acostumbrados a esto. Deja que corte un poco de leña fuera y te pongo la *shimenea* —había dicho al rozar mis manos cuando me entregó el libro.

La observo por la ventana que da al patio en el que se encuentra. Sostiene con fuerza el hacha y se dedica a la tarea de forma laboriosa. A cada movimiento, veo cómo destacan sus músculos. La camiseta se le pega al torso y me encanta cómo se intuye su atlética figura bajo la ropa. No sabéis el espectáculo que es esto para mí: qué brazos, qué cuerpo, cómo se le marca el trasero. Yo no sé si el síncope me ha dejado trastocada, pero estoy ahora mismo más caliente que el infierno, más acalorada que una menopáusica y más excitada que el día que me acosté con un bombero que leía a Edgar Allan Poe y sabía hacer nudos a las ramitas de las cerezas solo con la lengua.

La joven vuelve con los troncos entre sus brazos y sus bíceps llaman tanto la atención que soy capaz de ver todas y cada una de las venas que, con gusto, mordería para dejarla seca. Sin embargo, me controlo. Es difícil, pues al agacharse para encender la chimenea, me deleita de nuevo con ese culo esculpido por el mismísimo Bernini —quien, por cierto, también es un vampiro, que lo sepáis—.

La tengo a apenas un metro y medio de mí. Carraspeo y se gira.

—¿Te gusta? —me dice. Señala la enciclopedia.

—Oh, sí. Aunque me gusta más el contacto humano, debo decir.

Me mira con timidez y luego se lleva la mano a la cabeza.

—Si ya me lo decía mi madre, que soy una maleducada, ¿así cómo voy a conocer varón? —Sonríe. Luego me dice—: Me llamo Filomena.

Camina y se sienta a mi lado en el sofá. A continuación, me toma por los hombros y me arrima más al fuego de la lumbre. Siento su pecho rozar mi codo y la miro. La tengo tan cerca que hasta puedo olerle el cardo borriquero. Es una mezcla entre hierba recién cortada, romero y amapola. Aspiro el aroma y siento como algo se enciende entre mis piernas. Parece que conectar con mi lado más naturista hace que reaccione con una excitación inusual en mí. Pero me sosiego y finalmente digo:

—Yo soy Apolonia, encantada. —Le planto dos besos para que sienta mis labios contra la piel de su mejilla—. Y respecto a tu madre, dile que no necesitas a ningún hombre. —Fijo mi mirada en sus ojos—. Te aseguro que no.

Me aproximo poco a poco a su oreja. Aprovecho que la tengo justo al lado y suelto un suspiro que la roza con ligereza. Noto cómo se le eriza el vello de la nuca y, de forma deliberada, segrego más feromonas que atraigan su atención hacia mí.

Y lo consigo, por supuesto, pues la muchacha empieza a removerse en el sofá, inquieta. Le ha subido un rubor a los pómulos y cierra las piernas de forma instintiva. No me separo de su cuerpo, aunque tampoco permanezco demasiado cerca. Lo justo para que note mi interés sin asustarla.

—¿Vives... sola? —digo mientras reposo de nuevo mi espalda en el sofá.

—Sssí. Me mudé de casa de mis padres hace unos años. Ellos también son del pueblo.

Se recuesta a mi lado y la observo sin recelo. Veo que lo desea, sin embargo, no se atreve.

—Espera, tienes... —paso la mano por su cuello, lo rozo aposta para acabar por llevarla a sus rizos. Su piel reacciona a mi contacto. Entonces me retiro despacio—, una pequeña ramita en el pelo.

Se la enseño, juguetona. Su respiración se ha acelerado. De pronto, la siento más próxima.

—Es... es lo que tiene... trabajar en el campo... —dice de forma entrecortada.

Se levanta de golpe y empieza con una verborrea ininteligible. Habla a trompicones, tartamudea y, sin más, respira hondo y me dice:

—Tendrás cosas que hacer, mejor te dejo *marshá* ya.

—¿Tan pronto?

—Solo intentaba ser amable.

Me incorporo y me acerco despacio hacia ella. Camino como un felino que quiere jugar con su presa antes de devorarla.

—Siento haberte importunado —digo fingiendo aflicción—. Muchas gracias por tu hospitalidad, Filomena.

Me inclino para darle dos besos: el primero, bien dirigido hacia la mejilla. El segundo... bueno, ya sabéis cómo funciona esto, ¿no? Lo deslizo con suavidad hacia la comisura de sus labios. Sigo dejando que la magia vampírica expulse feromonas por cada centímetro de mi piel. Funciona, porque al girarme y abrir la puerta principal escucho la voz de la joven:

—¡Espera! —dice cerrando de un portazo. Se coloca entre la salida y mi cuerpo. Un leve jadeo escapa de sus labios, pero no parece importarle—. Mira, yo seré de pueblo, aunque no soy tonta. Me tienes *hechizá*. Lo que pasa es que mis gustos son *mu* particulares y... no te quiero *asustá*.

Esto se pone interesante. A lo mejor le va lo duro y tiene una habitación llena de juguetes sexuales con columpio incluido. ¡Ay, sí, siempre he querido hacerlo en uno! O quizás es de esas que prefiere un juego de roles y le gusta que haga de empresaria estirada o de empleada de hacienda. ¿O quizás le va el rollo salvaje con cerdos incluidos?

Mirad, ya que estoy aquí he venido a jugar. Si lo más excitante de mi viaje de relax va a ser hacérmelo con esta chica con uno de sus puercos delante, yo voy a por todas.

—Créeme, seguro que he hecho cosas más extrañas —respondo.

***

Pues no. Os juro que esto es lo más raro que he hecho en mi vida.

Después de comernos la boca como animales en su salón, Filomena se ha soltado el pelo y me ha pedido que le dijera cosas guarras para ponerla a tono. Mientras le metía mano bajo su camiseta y ella besaba de manera frenética mi cuello, ha acercado sus labios a mi oído y me ha hecho la petición más extravagante de mi vida.

—Dime «garbanzos con callos».

—Garbanzos con callos —repito, pero con tono de película
erótica.

—Albóndigas en tomate...

—Albóndigas en tomate...

Le quito la camiseta y el sujetador. Empieza a excitarse y
aprovecho para meter mi mano por debajo de su pantalón. La
toco sobre su ropa interior, que comienza a humedecerse a cada
plato de comida que le digo con voz sensual.

—¡Morcilla de Burgos y *tostá* de pan con mantecaaaa! —gime.

—Morcilla... de Burgos... y... *tostá* de pan... con manteca...
—hablo entre jadeos. Luego aprovecho para pasar mi mano bajo
sus braguitas y hacerla llegar al éxtasis alimenticio-sexual más
profundo que hubiera sentido en su vida.

Filomena grita y se retuerce de placer. Mis dedos continúan
jugando con su clítoris. Me muero por probar ese sabor salvaje
a naturaleza que mi olfato había detectado minutos antes en su
entrepierna. Sin embargo, no me deja.

Se levanta y me lleva a la habitación entre besos y caricias.
Parece que ya no le molesta mi piel fría, así que me arrimo a ella
para sentir su pecho contra el mío. Mientras me desabrocha la
blusa, mete mano a mi trasero y mi instinto me hace rodearla
con las piernas por la cintura. Ella me toma con fuerza entre sus
brazos. Coge mi culo con ganas y lo aprieta con cierta urgencia.

Al llegar, me posa con suavidad sobre la cama y me toma
por la espalda para terminar de quitar el sujetador —que ya
llevaba un buen rato con los tirantes caídos—. Luego me tumba para colmarme de besos y, conforme aumenta el deseo, la
joven pellizca mis pechos. Empieza un poco torpe —no os voy
a engañar— y sus manos me sobetean de manera algo brusca.
Aunque, en el momento que acerca su boca y comienza a sabo-
rearlos, me agarro a las sábanas de puro gozo. La joven maneja
la lengua de forma prodigiosa: cuando siento cómo rodea la
aureola, mis pezones se endurecen. Deseo que llegue a la mejor
parte, no obstante, ella juega un poco más, evitándolos, hasta
que, por fin, los lame y relame de forma deliciosa. ¿Dónde ha
estado toda mi vida?

Permito que se deleite, pero mi plan no es dejarla hacer. A mí lo que me gusta es llevar la voz cantante. Así que al ver que se dirige más abajo, la tomo por la barbilla:

—Déjame a mí. Te voy a susurrar tantas comandas que vas a ver el menú de la *Bella y la Bestia* a todo color y en 3D.

Permanece quieta y asiente. Sonrío y comienzo a desvestirla.

Y mientras devoro cada centímetro de su piel, susurro todos los platos tradicionales que se me pasan por la cabeza. Mordisqueo con suavidad el lóbulo de su oreja, bajo al cuello —y me contengo para no sacar los colmillos, Virgen santa—, dejo un camino de saliva de su clavícula a sus pezones y de estos a su ombligo. Se retuerce y entonces me decido a devorar su sexo. Comienzo con pequeños lametones, me recreo en su clítoris. Trazo círculos, introduzco la lengua para explorar cada recoveco. Y entonces encuentro ese rincón perfecto en que Filomena pierde el control. Me deleito con él: juego despacio, saboreo el momento. Luego, a medida que la joven respira más rápido, aumento la cadencia. Muevo la punta justo en el sitio exacto. Acelero cada vez más y freno en seco. Filomena se tensa, sin embargo, espera paciente a que continúe y, en apenas un susurro, me ruega que no pare. Así que obedezco y vuelvo a la carga: suave, muy lento, toco justo ahí, me dejo llevar. Me alejo y me acerco con mi boca. Ella sube cada vez más el nivel de sus gemidos y entonces no paro de lamer a un ritmo perfectamente sincronizado con su placer.

Hasta que, por fin, el orgasmo se desliza sobre mi lengua.

Y, madre mía, su sabor es mejor de lo que imaginaba; una mezcla de hierbas aromáticas y flores con un tinte salvaje y animal. Me sabe tan delicioso que me siento como una inglesa estirada después de tomar el té de las cinco: satisfecha y feliz.

Ella toma mi cara con sus manos y comienza a besarme sin control, jadeando con cada impulso. Termina de quitarme la poca ropa que llevaba puesta.

—Yo... tengo algo que enseñarte.

Esta chica es una caja de sorpresas. ¿Qué apostáis a que es ahora cuando me enseña su «habitación roja»? Solo que, en vez de un columpio sexual, lo mismo tiene jamones colgados con los que azotarme.

—No tardes en venir, aún no he acabado.

—Ahora me toca a mí —dice.

Se levanta de un salto y desaparece por la puerta como ¿Dios? la trajo al mundo —no estoy segura de que semejante pecado rural fuese creado por una deidad, así os lo digo—. Aparece segundos después y me deja estupefacta: la muchacha se ha envuelto con un capote de torero, rojo como la sangre.

—¿Te he *disho* ya que toreo a uno de mis gorrinos? Navajito se llama. Es más bravo que cualquier toro.

Ya está. Lo sabía. Le va la zoofilia. Ahora me va a traer al cerdo a la cama y va a querer un trío. Verás.

—¿Qué me intentas decir con eso? —Mi tono de voz suena muy seco. Filomena de pronto vuelve a sentirse insegura. Me arrepiento de cómo he formulado la pregunta, así que corrijo enseguida—. Quería decir que qué te apetece hacer exactamente.

El brillo vuelve a sus ojos y salta sobre la cama. Se acerca a un pequeño altavoz que tiene en la mesita de noche y conecta su móvil. Los acordes de *La luna y el toro* comienzan a sonar. Estoy echando el polvo más andaluz que he visto en mi vida. Y os digo una cosa: es hortera a morir, pero me encanta la pasión que le pone Filomena.

Comienza a bailar sensual y utiliza el rojísimo capote como las muchachas que hacen la danza de los siete velos. Solo que ella lo mueve con arte, con pasión, con salero. Se lo desliza por la espalda y menea las caderas despacio, al son de la música.

«Cuando llega la alegre mañana y la luna se escapa del río...».

La canción continúa y la joven empieza a taconear con los pies. Se acerca y me envuelve con el extraño manto a la vez que me arrima hacia ella. Ahora se contonea y frota su cuerpo con el mío.

«El torito se mete en el agua embistiendo al ver que se ha ido...».

De pronto, se sienta a horcajadas y se alza sobre mí. Puedo verla proclamarse diosa mientras desliza el pesado tejido por sus hombros.

«Y ese toro enamorado de la luna, que abandona por las noches la maná...».

Y entonces ocurre. Se deja caer sobre mi pecho de forma pasional. Me agarra, me toca, se enreda con mi cuerpo. La tela rojiza sobre mí, luego detrás, luego nos envuelve a ambas con él. Es como una mariposa escarlata que se une a nuestra danza sensual. Y ella me besa, me muerde, me lame, pero no consigo alcanzarla; siempre que la busco, no puedo atraparla. Siento su cuerpo rozarme, noto cómo sus dedos se adentran en lo más profundo, sin duda busca mi placer. Entretanto, el capote me tiene hechizada: la veo y no la veo; lo mueve con una sola mano como si nada. Me esquiva a la vez que no deja de masturbarme...

¿Me está... toreando?

Al principio me he mostrado inquieta, rebelde, desubicada; su juego me tenía descolocada, como a un toro bravo. Sin embargo, ahora que he comprendido que su danza de seducción tiene un trasfondo... ¿artístico? —nunca he sido yo muy taurina, para qué vamos a engañarnos— me vuelvo mansa y me gusta no saber qué es lo siguiente que va a pasar. Por si fuera poco, el movimiento hipnótico de la tela carmesí me embelesa tanto que estoy en un estado de euforia continua, pues no consigo ver lo que hace conmigo, mas siento sus manos trasladarme a un éxtasis que jamás había conocido.

Noto como su dedo corazón entra y sale despacio. El pulgar no deja de moverse en mi clítoris; primero lento, luego algo más acelerado. Sus labios vuelan por mi cuello, vagan por mi cuerpo, lo hacen temblar. Introduce otros dos dedos que exploran mi interior, cada vez más mojados, cada vez más certeros. Fuera, dentro, fuera, dentro... mientras, acaricia hábilmente ese lugar oculto que ha encontrado sin darme tregua, como un pincel que dibuja paisajes oníricos justo en ese rincón.

Gimo y me deshago en su mano, muy cerca de llegar al orgasmo.

Y cuando estoy en el punto más álgido de excitación, me clava el estoque —un *gran juguete*, para entendernos— que mueve de forma diestra, haciendo que el ruedo que es la cama estalle en vítores y caigan rosas metafóricas sobre nuestros cuerpos desnudos.

***

Seis meses después...

—Apolonia, ven a mi despacho.

Escucho a la jefa a través del intercomunicador. Me levanto de la mesa y atravieso el pasillo hasta su oficina. Al entrar, se levanta de la silla y me entrega una carpeta.

—Este es el archivo de tu próxima misión. Debo admitir que tu contacto nos ha sido de gran ayuda. —Asiento. Ella continua—. Con un perfil tan bajo es imposible que llame la atención. Lo que no termina de convencerme son...

—¿Sus mascotas? —termino la frase por ella.

—Exacto. Aún no entiendo por qué demonios tenemos ahora una horda de gorrinos vampíricos por Bollullos.

—Fue el único requisito que propuso para entrar en el clan. No pude decirle que no.

—Me conformo con que sepa alimentarlos y no aparezca en las noticias que «una piara de cerdos caníbales aterroriza al municipio». Dile que le enviaré el contrato mañana. Está admitida.

Asiento y salgo por la puerta con la carpetilla bajo el brazo. En lo que abandono la estancia, escucho que eleva la voz para decirme:

—Sí que te sentaron bien esas vacaciones, jovencita.

Sonrío y, mientras marco el número de Filomena, susurro:

—Puedes apostar que sí.

Baile de máscaras

Nuria Parra Pozo

Nuria Parra Pozo

Licenciada en Filología Hispánica. Nació en Benamaurel, un pequeño pueblo del norte de Granada, en una noche de verano de 1991. Su actividad favorita en el colegio era escribir redacciones. Más tarde empezó a escribir novelas por encargo a amigas y conocidas.

Con tanto ir y venir de palabras por los pasillos del instituto, le llegó una propuesta del director para escribir una obra de teatro para una convivencia con otro centro de enseñanza. A raíz de ello, creó un pequeño grupo de teatro, en el que llegó a escribir y dirigir varias obras que fueron estrenadas en el Agosto Cultural de Benamaurel.

Su afición a la lectura hizo que soñara con ser un ave del amanecer, una princesa tiesa, una bruja solitaria, una detective privada, una científica loca, etcétera. Al final decidió probar aquella extraña profesión de Paloma Bordons, que resultó ser ni más ni menos que puro amor a las palabras, creando un vínculo con la escritura imposible de romper.

Baile de máscaras

Nuria Parra Pozo

No sé qué hago aquí. Ni sé por qué llevo este disfraz ridículo. A veces no queda otro remedio que ceder ante la presión. Estoy aquí, supongo, porque nadie que te quiera mínimamente permite que te dejes arrastrar por el desánimo. Y por la turra, también estoy aquí por la turra que he tenido que aguantar por teléfono. Aún tengo la oreja al rojo vivo por las dos horas de charla sobre no sé qué historias del duelo y del fin de los tiempos, y de pasar a través del dolor para vencerlo, y de sacar la cabeza del culo y meterla en cualquier otro culo porque ya está bien, y que ella había visto convenible y necesario que ya era hora de armarse de valor y de dejar atrás las lamentaciones. Y que punto. Y que nunca más. ¡Nunca más! A voces y con el fervor de un político en plena campaña o algo peor. Creo que eso es la amistad, que alguien te aleje lo suficiente de tus miserias, que te ofrezcan un refugio contra la tormenta. Por eso, en cuanto Silvia se enteró de mi ruptura y de cómo el huracán emocional que conllevaba había arrasado con mi estado de ánimo hasta dejar que un dolor ciego se aposentara durante semanas sobre mi vida como una pátina de suciedad, no tardó ni medio segundo en salir a rescatarme. Antes de lo que me atrevía a reconocer, ya había conseguido que aceptara acudir a una de sus extravagantes fiestas.

Y eso es lo que estoy haciendo aquí, asistir a este baile de máscaras que Silvia, abanderada de todas las buenas causas de este mundo y de la galaxia, ha organizado en favor de no sé qué asociación. Y aunque ahora solo quiero volver a la incómoda comodidad de mi cama, estoy esperando a que me abra la puerta. Me recibe al momento, oculta tras un mascarón veneciano.

—¡Bienvenida a mi tenebrosa mansión victoriana! —exclama invitándome a pasar con una gran reverencia.

Echo un vistazo al interior de su casa y llego a la conclusión de que «tenebroso» es un adjetivo demasiado corto para lo que ven mis ojos. Aquello es como adentrarse en un relato de Edgar Allan Poe, autor favorito de la anfitriona y, sin ninguna duda, inspiración de la macabra decoración de este baile. Los ventanales del piso de arriba están tapados con grandes mantos de color negro, y toda la escalera cubierta por una alfombra aterciopelada del mismo color. Con lo mal que se limpia eso. La escena está siniestramente iluminada por unos velones rojos puestos a ambos lados de los escalones en sus correspondientes candelabros. Espero que no los haya robado de la iglesia.

—Impresiona, ¿eh? —dice toda orgullosa de su gusto para la decoración.

—Lo que me impresiona es no estar aún arrepentida de haber venido. No sé si eres consciente, pero en la escalera hay al menos sesenta velas del tamaño de mi tibia. ¿Piensas provocar un incendio y matarnos a todos?

—¡Qué va! De eso ya se encarga la Muerte Roja. —Su tono de voz se agrava y las comisuras de sus labios se elevan hasta perderse dentro de la máscara.

—¿Quieres que me dé un infarto? Todavía me voy a mi casa...

—¡Oh, vamos! ¿Qué tienes que hacer que sea más interesante que este magnífico baile de máscaras? Seguro que estabas muerta del asco tratando de resolver algún crucigrama de mierda.

—No te metas con mis crucigramas. Las palabras verticales son siempre las más difíciles.

Silvia pone los brazos en jarras, y aunque la máscara no me deja ver su cara, sé que me está mirando como si yo no estuviera demasiado cuerda. Ella, que organiza puñeteros bailes de máscaras ambientados en relatos de Poe, se atreve a poner en duda mi cordura. Sabe que odio todo lo que esté relacionado con el terror, especialmente a Poe. Todavía recuerdo cuando éramos niñas y ella me perseguía para leerme sus malditos relatos. Tuve pesadillas durante años. Silvia sabe que estoy recordando ese episodio de la infancia y le parece algo de lo más divertido.

—Tienes que dejar ir al cuervo, o al menos dejar de hacerle preguntas.

—Eso, tú sigue...

—Venga, haz el favor de pasar que tengo que atender al resto de invitados.

Nos adentramos en el salón donde está todo el mundo reunido. Allí dos ventanas enfrentadas restan negrura a la habitación, los cristales tintados de colores cálidos y fríos proyectan algún que otro rayo de luz que se refleja en el par de espejos que completan la decoración, dando a la estancia una tenue visión caleidoscópica. En un extremo, custodiada por cuatro calaveras abiertas por arriba, hay una mesa con bebidas. Al fondo, una orquesta toca una melancólica canción mientras algunos de los asistentes bailan.

—Puedes dejar tus donativos en cualquiera de las calaveras. Ninguna muerde... que se sepa —comenta entre grandes carcajadas.

—Muy graciosa...

La música cesa un momento, inconscientemente aguardo a que las campanas suenen igual que en el relato. Pero estamos en la era digital, miramos la hora en el móvil o en la pulsera de actividad, no en relojes de ébano, ni de cuco, ni mucho menos oímos terroríficos campanazos. La orquesta sigue con una nueva canción y yo respiro con tranquilidad hasta que Silvia, con una sonrisa malévola, se acerca y me susurra algo que me estremece:

—Diviértete. Baila. Pero ten cuidado y no la elijas a ella.

Trato de sacudir la clase de «ella» que se ha formado en mi cabeza y me acerco a la calavera para dejar un donativo y, de paso, servirme un poco de ese vino rojo como la sangre que veo en las copas de los demás. Observo a la concurrencia. Algunos bailan por el centro del salón, otros charlan animadamente un poco más alejados. Parecemos la nobleza de otro siglo, todos vestidos de forma impoluta y enmascarados para evitar que cualquier travesura nocturna pueda manchar nuestro buen nombre en las páginas de sociedad. Tal vez no sea tan mala idea dejar atrás mi propia piel, ocultarme tras la máscara, ser por una noche alguien de otra vida, de otro siglo. Puede que Silvia tenga algo de razón al hacer las cosas que hace y, al igual que los personajes del relato de Poe, que se encierran en el castillo tratando de huir de la Muerte Roja; nosotros también nos podemos refugiar aquí de cualquiera que sea la desgracia que nos acosa en el mundo exterior.

Un hombre deja dinero en la calavera y enseguida me tiende una mano con elegancia. La máscara solo me deja ver su barba de un par de días. Cojo su mano y empezamos a bailar.

—Soy Alberto. Trabajo con Silvia en el hospital —aclara mientras giramos con torpeza por el centro del salón.

—Creo que hemos coincidido más de una vez en estas locas fiestas.

—Sí, siempre somos los mismos. Solo que esta noche es más difícil reconocernos.

—Un par de causas benéficas más y nos elevamos a la categoría de secta.

—No me extrañaría nada —dice riendo—. Aunque creo que usamos la excusa de las buenas causas para tomar alcohol y algunas decisiones cuestionables.

—Es un modo de lavar nuestra mala conciencia por llegar a fin de mes con un par de euros de sobra en el bolsillo. Tomamos malas decisiones para compensar.

Después de pisar a Alberto media docena de veces y alguna de regalo, damos un par de vueltas más sin que ninguno de los dos tenga muy claro qué es lo que estamos bailando.

—¡Madre mía! —exclama muerto de la risa—. Parece que tienes dos pies izquierdos. Ya sé que eres un poco roja, pero esto ya es abusar...

—¿Es que todo el personal del hospital me va a tomar el pelo esta noche?

—Puede ser... Me consta que las enfermeras te han echado de menos, aunque seas una intrusa. ¿Todo bien?

—Bueno, podría ser peor. Podría llover.

Me río de mi propio chiste, y un estruendo me atraviesa el tímpano, como si se fuera a desatar una tormenta real dentro de la habitación. Entonces recuerdo que no estoy en una burla del cine de terror, sino en el terror mismo, y el estruendo no es propio de una tormenta, sino más bien de Los pájaros, específicamente de un córvido oscuro, molesto y malicioso llamado Silvia, que no para de reír tras taladrarme el cerebro con semejante graznido.

—La visita a Gaes me la vas a pagar tú, desgracia andante. No pienso volver a ninguna fiesta tuya nunca.

Me mira fijamente, con el rostro muy serio y un gesto bastante sombrío, fingiendo estar poseída por un ente maligno, como hacía de pequeña cuando quería asustarme, y grita con todas sus fuerzas:

—¡Nevermore!

Y venga a descojonarse. No sé para qué necesita a nadie si se lo pasa tan bien ella sola.

—He venido a llevarme a Alberto a bailar, porque ya se sabe que con dos o tres copas de vino se le afloja demasiado la lengua —confiesa secándose las lágrimas.

—Ya me ha dicho que me echáis de menos.

—Algunas más que otr... ¡Au!

Silvia le pega un pisotón por si le quedaba alguna falange sin machacar después de nuestro baile. ¡Pobre hombre!

—Pues sí, se te echa de menos, pero está claro que tú ya no valoras a las profesionales de la salud como antes...

Tras hacerse la digna, o la indignada, no sé muy bien qué es lo que está pasando, se marcha con Alberto, con un movimiento de capa que ni Bela Lugosi huyendo de un crucifijo. ¡Mira que es dramática!

Vuelvo a la mesa a por un poco más de vino. Miro el panorama a través del espejo. Las parejas bailan como si formaran parte de otra dimensión, como si estuvieran hechizadas, giran y giran ajenas a todo. Siempre he querido aprender a bailar. Parece que quienes bailan gozan de unas cotas de libertad que a mí me han sido negadas, como si mis articulaciones fueran ramas secas a punto de quebrarse si en algún momento abandono mi pose de rigidez. Lo cierto es que podría resumir toda mi vida con unos torpes pasos de baile; cada traspié, cada paso en falso, cada error, cada caída...

De repente, una mano delicadamente enguantada, fría como el mármol, se posa sobre mi hombro. Sobresaltada por la leve caricia, derramo la copa de vino. Una mancha roja se va extendiendo con suavidad sobre el mantel, y el ciclo de terror empieza de nuevo. ¿Cómo no he visto que se acercaba en el espejo? El pánico se extiende también sobre mi pecho cuando me giro y me encuentro, a escasos centímetros de mi cara, el rostro cadavérico de la muerte. Es la misma máscara y el mismo atuendo que luce la parca en el relato de Poe. El único rasgo reconocible son los labios. Estoy paralizada por la impresión. Busco en su túnica, en su cuello, en sus labios las manchas escarlatas que se describen en el relato. El único objeto discordante que hay en ella es una rosa blanca prendida en el cierre de la capa. ¿Será un símbolo de paz? Me coge de la mano y su tacto, hace apenas un momento helado, es ahora más cálido, más humano. Aunque me resisto a ir con ella, no puedo evitar agarrar su mano con fuerza. Ella sonríe, y la belleza de su sonrisa es cautivadora. Nadie me ha contado qué sucede en este punto. ¿Qué es lo que ocurre si es ella la que me elige a mí? Sin duda, debe de tratarse de otra de las bromas de Silvia. La busco con la mirada y espero encontrarla riéndose de mí. Sin embargo, ella sigue de cháchara con Alberto, ignorando por completo esta visita anunciada de la muerte. Noto un leve tirón que me obliga a volver los ojos hacia mi nueva pareja de baile. Su sonrisa, que sigue intacta, empieza a resultarme familiar. Imagino que si yo fuera la muerte, también sonreiría de esa forma para atraer a pobres almas incautas hacia mí.

Al final, me dejo llevar. Iniciamos un baile. Una canción íntima y grave nos mece suavemente. La sensación de estar bailando con un fantasma me persigue, como si debajo de la túnica no existiera nada más que un alma liviana capaz de elevarse con su danza hasta hacer parecer que mi desacompasada forma de bailar tiene algún sentido. En cada vuelta de baile, trato de echar una mirada al espejo. Es posible que solo sea un efecto de mi ataque de pánico, pero juro que no he visto su reflejo al acercarse. Lo que pienso es absurdo. ¿Cómo va a acudir la muerte a una fiesta de disfraces? ¡Es ridículo! Es más, si hubiese ahí fuera una epidemia altamente contagiosa, no estaríamos en un baile de máscaras, estaríamos en un baile de mascarillas. Tal vez ella no sea la Muerte Roja, pero eso no quiere decir que no sea otra clase de criatura sobrenatural. En un arranque de valentía, le comparto mis temores al oído. Ella vuelve a sonreír y yo siento cómo mi corazón martillea por encima de la música. Me fijo en sus colmillos y su sonrisa se ensancha hasta conquistar el poco espacio que había entre nosotras. Se aprieta contra mí demostrando así que no es un ser etéreo. El calor que emana de su cuerpo es abrasador. La canción acaba, y un golpe de frío me atiza los huesos cuando se separa de mí. Hace una reverencia para despedirse, y la rosa de su túnica cae a mis pies. Me agacho para recogerla y, al levantarme, ella ha desaparecido.

Salgo a buscarla y la encuentro huyendo escaleras arriba. Consigo detenerla y, en una escena que bien podría ser una versión inversa de *La Cenicienta*, le señalo la rosa que ha perdido en su huida. Ella desciende un par de escalones para ponerse a mi altura, se inclina levemente para que vuelva a colocarle la rosa. Su sombra parece ahora inmensa rodeada por la tenue luz de las velas. Me tiembla el pulso mientras intento engancharle la rosa sin pincharme con el imperdible, y una vez lo he conseguido, me clavo una de sus espinas en el dedo. Ella me toma la mano, extrae la pequeña espina y, con la mayor delicadeza que alguien puede concentrar en sus actos, lame la gota de sangre que apenas ha empezado a formarse en la yema de mi dedo. Un escalofrío me atraviesa como una lanza desde los pies hasta la cabeza. Esboza de nuevo esa sonrisa de estar cometiendo la mayor travesura del mundo, y sumerge mi dedo en el aceite de una de las velas que vigilan la entrada. Quema. Pero no es la llama lo que me quema, es ella, que ha convertido mi perplejidad en la llave maestra de un deseo dormido. Después, se da la vuelta y sigue su camino hacia el piso de arriba.

Nuestros deseos más oscuros yacen paralizados en el mismo lugar donde habitan nuestros temores infantiles, y ni unos ni otros nos dejan avanzar si no los desbloqueamos. Solo hay que pasar a través de ellos para vencerlos. Una palabra amable, una intensa caricia, una simple llama y, de pronto, estás desarmada, desenmascarada. Y una llama pequeñita puede desatar un gran incendio. Todo está demasiado oscuro en el piso de arriba. La luz no funciona. Maldigo a Silvia por ser tan quisquillosa. Cojo una vela para alumbrar mi camino. La casa parece muy distinta bajo esta iluminación. Mi sombra va por delante de mí, temblando contra las paredes, arañando puertas cerradas. Estoy a punto de llegar al final del pasillo cuando una de las puertas se abre. Dentro, el silencio se hace denso y se traga la música y los murmullos de abajo. Avanzo unos pasos y mi propio reflejo me sobresalta. Escucho el sonido del cerrojo y esta vez sí que la veo acercarse a través del espejo. Dejo la vela sobre el lavabo. Ella me coge de las manos y las deja caer a cada lado de mi cuerpo, sujetándolas con fuerza. Siento su nariz en la nuca, inhala de forma lenta, premeditada, como si intentara respirar a través de mí. Se deshace de uno de sus guantes, y con la mano recién liberada, aparta mi pelo, recorre mi cuello con sus dedos, busca mi pulso. Cuando encuentra el latido, posa sus labios sobre él, me muerde. Cierro los ojos y espero sentir la punzada de los dientes clavándose, desgarrando mi carne. Echo las manos hacia atrás buscando su cuerpo, pero ella las vuelve a colocar donde estaban. Me ordena no moverme. No me muevo. Apenas respiro. Mientras la mano enguantada desabrocha el vestido, desata los cordones del corsé y tira hacia abajo hasta dejar mis pechos al descubierto; la mano desnuda asciende por mi pierna hasta abrirse paso entre mis muslos. Roza la tela mojada, perfila la humedad, hunde los dedos en ella, luego se cuela buscando la carne, se detiene en el vello, provocándome una agudísima tensión. Me obliga a moverme, a buscar desesperadamente el roce con su mano. Entonces la saca de la ropa interior. Suelto un gruñido de frustración, y ella se ríe. Me muerde el hombro, dando pequeñas dentelladas a mi paciencia. Vuelve a meter las manos bajo el vestido, mete su rodilla entre mis piernas, separándolas más, me acaricia el vientre, me baja las bragas hasta que se quedan enrolladas como grilletes por encima de mis rodillas. Vuelve a dejarme en suspenso, palpitando en su mano, al borde de la súplica. Observa mi desnudez en el espejo, todo el cuerpo en tensión, la respiración entrecortada mientras me acaricia lentamente, a conciencia. Sonríe otra vez. Con esa sonrisa eterna que me invita a bailar. Acerca su boca a mi oído y susurra:

—¿Qué es lo que quieres?

Reconozco su voz y sé que ya sabe lo que quiero sin necesidad de que se lo diga. Ella ya sabe lo que va a hacer, yo también lo sé, así que balanceo las caderas hasta sentir sus dedos dentro, y en mitad de un ronco gemido, me señalo el pecho, a la altura del corazón y digo:

—Quiero que esto, lo que quiera que esto sea, deje de doler.

Ella asiente, coge la vela y, de derecha a izquierda, vierte la cera caliente sobre mí. Un reguero de lágrimas rojas me abrasa el pecho. La llama se extingue y el placer, el dolor y la oscuridad se adueñan salvajemente de todo.

Una voz que susurra me despierta. Tanteo las sábanas para buscarla. No hay nadie. Cuando consigo abrir los ojos, encuentro la máscara descansando a mi lado sobre la almohada. Me incorporo y observo cómo la dueña de la máscara se viste apresuradamente intentando no hacer ruido.

—Buenos días —digo aclarándome la garganta—. ¿Qué hora es?

—No quieras saberlo. Me ha llamado Silvia para que le cubra el turno. Que está indispuesta, dice. Lo que tiene es una resaca de aúpa. Lo siento, no quería despertarte.

—Se te van a caer los pantalones... —señalo mirándola mientras termina de vestirse.

—Espero que no te importe que te haya cogido esta ropa, pero es que, como comprenderás... —dice dirigiendo su mirada a la túnica.

—¡Oh, cierto! —exclamo entre carcajadas—. Anoche ibas muy desnuda debajo de esa túnica. Entiendo que no te puedes presentar así en el trabajo, no es muy profesional.

—¡Oye! No te rías de mí, a ver si te voy a tener que castigar...

—¿Más? —pregunto con sorna—. Al parecer ya no se pueden contar tus fantasías en voz alta...

—¿No? ¿Y entonces quién iba a hacerlas realidad? —dice colocándose a horcajadas sobre mí para desenganchar el cinturón del cabecero de la cama.

—Aunque no sé muy bien qué se ha hecho realidad y qué no. Creo que me desmayé después de lo de la cera.

—Exagerada...

—Exagerada, nada. Esa mierda quema un montón. Por un momento pensé que se abriría un agujero en mi pecho y que iría por ahí como Jesucristo, con el corazón al aire y en llamas.

Suelta una gran carcajada, y el cuervo abandona la ventana de mi habitación y se posa en el tendido eléctrico. Ahí se achicharre con un cable suelto.

—¿Qué tal voy? —dice mientras termina de abrocharse el cinturón.

—Dan ganas de volver a desnudarte —digo metiendo mis manos por debajo de la camiseta—. Pareces una rapera superchunga. O algo peor.

—¿Algo peor? Pero si lo XXL es tendencia.

—Claro, lo XXL puede ser tendencia siempre y cuando no sea esa tu talla. Si lo es ya no vale porque fomentas la obesidad, y eres una instigadora del mal, y una adoradora de Satán, y un engendro del demonio, todo carne y nada de alma, que lanza rayos por los ojos para engordar a la población. ¡Menudo cuento!

—¡Eres tontísima! —dice entre risas—. Y aunque me está gustando mucho lo que me hacen tus manos, y me encantaría quedarme a debatir sobre el cielo y el infierno contigo, tengo que irme ya o voy a llegar tarde.

La despido con un cálido beso en los labios. Ella repasa con su dedo la larga línea que atraviesa mi pecho.

—Volveré a revisar esa herida. Descansa mientras tanto.

Una vez se ha marchado, retomo esta vieja costumbre de resolver un crucigrama antes de volver a dormirme. Me queda una palabra. Vertical. Diez letras. «Curar una herida quemándola con un objeto candente o con una sustancia cáustica». La marca roja, casi imperceptible, que acaba de encender con su caricia, tiene la respuesta: cauterizar.

Quizás sea la forma más rápida de cerrar una herida.

Dile que bailando te conocí

Patricia Carr

Patricia Carr

Nacida en 1991 en el pueblo madrileño de Torres de la Alameda, es graduada en Periodismo y Comunicación Audiovisual, pero trabaja en el frenético (y hostil) mundo de las agencias de comunicación y *marketing* de *influencers*.

Lectora voraz desde los cuatro años y público fácil, lee todo lo que cae en sus manos. Empezó a tontear con la escritura ya en el colegio y desde entonces no ha parado, aunque pocas veces se ha atrevido a enseñar lo que escribe.

En 2014 publicó *Estación en curva* con la editorial CIMS, una novela escrita en colaboración con otras jóvenes autoras madrileñas.

Sus cosas favoritas son reírse de sí misma, Twitter y dormir con calcetines todo el año. Sabe echar las cartas, pero no cree en el tarot y tiene alma de señora desde los diecinueve años.

Dile que bailando te conocí

Patricia Carr

Eva era una tía normal y corriente. Acababa de cumplir treinta y seis años, tenía dos hijos que absorbían toda su energía y un exmarido que le quitaba las ganas de vivir. También tenía un trabajo precario, quince kilos de más, una vida sexual paupérrima y una ligera depresión.

Los últimos años habían sido un completo infierno. Infierno al que Eva pensó que pondría fin tras el divorcio. No fue así, pues aunque el lastre de Carlos se fue, siguieron quedando la monotonía, el aburrimiento y las inseguridades acumuladas con los años.

Lo peor de todo fue darse cuenta de que había perdido por completo el apetito sexual. Lo sospechó la noche en que tuvo su primera cita pos-Carlos. Quedó con un compañero de trabajo que siempre la había puesto más caliente que el cerrojo del infierno, pero esa noche no le movió ni un solo pelo de su cuerpo.

Aquello la preocupó de verdad, así que se puso manos a la obra. Porno, juguetes, *sexting* con desconocidos en Tinder, maratonianas sesiones de onanismo que terminaban con un orgasmito por inercia que más parecía la forma que tenía su coño de decirle «déjame en paz un poquito, por favor» que otra cosa. Nada funcionaba.

Llegó a la conclusión de que igual la conexión entre su mente y su chichi, que tan buena relación habían tenido siempre, se había roto. Así que buscó ayuda profesional.

Lo primero que le dijo la psicóloga es que a su vagina no le pasaba absolutamente nada. Eso la tranquilizó.

Luego le diagnosticó un cuadro depresivo. Eso la puso de los nervios.

Por último, le dijo que tenía que tener paciencia, pues lo suyo no era cosa de un día. Eso la exasperó, pues si había algo que Eva no tenía, además de deseo sexual, era paciencia.

Le dio una serie de pautas dirigidas a ir recuperando su vida.

—Es importante que hagas cosas que te gusten. Busca un *hobby* —le dijo la psicóloga.

Y eso hizo. Tras darle muchas vueltas y cuadrar horarios que no entorpecieran su conciliación familiar, se decidió por clases de salsa.

Ya había dado clases cuando era adolescente y lo disfrutaba mucho. Además, con suerte, igual se ponía un poquito en forma.

Lo que Eva no sabía era que, además de diversión y ganas de vivir, iba a recuperar su apetito sexual de un plumazo.

Y lo más importante, iba a descubrir una gran verdad sobre sí misma: hetero no era.

***

El primer día de clase fue un cuadro. Eva llegó allí con sus mallas negras, sus zapatos de segunda mano y más sola que la una. En cuanto descubrió que todos los alumnos eran parejitas felices, protagonizó un conato de fuga. No le dio tiempo a escapar:

—¡Pelirroja! ¿No te irás a marchar ahora que estamos a punto de empezar?

Una chica latina, morena y con cuerpo de bailarina, se aproximaba a ella con una sonrisa. Eva supuso que sería la profesora.

—Es que me tengo que ir porque...

—¡No te vayas! Es normal estar nerviosa. Pero no te rayes, en esta clase los únicos que bailamos bien somos mi compañero y yo. Por cierto, soy Raquel —dijo, dándole dos besos. Se los devolvió por inercia.

—Yo Eva.

—Pues, Eva, no te preocupes. Es más fácil de lo que crees y te prometo que te lo vas a pasar genial. —La muchacha no borraba la sonrisa de la cara.

—Es que no tengo pareja y me siento un poco absurda.

—¡Por eso no te preocupes, mujer! Seguro que te encontramos a alguien. Si no, yo bailaré contigo, te lo prometo. No te vas a quedar sola. Pero no te vayas, ¿vale? —Le guiñó un ojo. Eva asintió, sorprendentemente azorada por el desparpajo de la profesora. Debía de rondar los veinticinco años.

Finalmente, fue emparejada con un chico que también había ido solo, pero que resultó ser un absoluto zote incapaz de dar dos pasos seguidos sin perder el ritmo o pisarle los pies.

Al acabar la clase, se sentía peor que al empezar. Así no había quien ganase autoestima.

***

El segundo día, llegó diez minutos tarde y con la lengua fuera. Raquel la esperaba con una sonrisa gigante.

—¡Has venido!

—Siento el retraso, tenía que recoger a mis hijos.

—No te preocupes, acabamos de empezar.

—Creo que mi pareja no ha venido.

—Se ha desapuntado.

Le pareció lógico. Cayó en la cuenta de que volvía a no tener pareja.

—¿Entonces? —preguntó.

—Entonces, pelirroja, es tu día de suerte. Yo voy a ser tu pareja.

De repente, se puso muy nerviosa.

—Sé que no soy un maromazo, pero ya verás como te encanta bailar conmigo. La salsa depende un 60 % del que guía. Te voy a guiar tan bien que vas a ser la reina del baile.

Eva asintió y Raquel la tomó por la cintura, apretándola contra ella.

«Un, dos, tres; cinco, seis, siete».

Eva contaba los pasos en su cabeza, todavía un poco entumecida.

—No pienses tanto y deja que te lleve —le decía, sin dejar de mirarla a los ojos.

Cuando intentó girarla, se hizo un lío y acabó pisando a la profesora.

—¡Perdón! —se disculpó—, no sé qué me pasa.

—Yo sí sé lo que te pasa, que te gusta mandar —dijo risueña— y aunque me parece algo muy sexi, vas a tener que dejar que te domine un poco.

Eva no supo si fueron sus palabras, el tono en el que las dijo, la cercanía entre sus cuerpos sudorosos o lo bien que olía esa joven, pero sintió un pinchazo en la entrepierna.

«¿Me estoy poniendo cachonda?», pensó.

Raquel reforzó el agarre en su cintura y repitió las indicaciones muy cerca de su oído. Se le pusieron todos los pelos de punta y el pinchazo en su entrepierna se incrementó.

«Me estoy poniendo cachonda».

Esa idea la dejó turbada el resto de la clase. En cuanto acabó, se despidió apresuradamente y salió pitando de allí.

Una vez en casa, dio a los críos de cenar y los acostó en tiempo récord. Tenía algo que comprobar.

Se metió en la cama y esperó el tiempo que creyó suficiente para que sus hijos estuvieran completamente dormidos.

Con más miedo que vergüenza y tratando de hacer el menor ruido posible, llevó la mano a sus bragas. La humedad que encontró ahí la hizo jadear. ¿Cuánto hacía que no se mojaba tanto?

Su mente reprodujo las imágenes vividas unas horas antes. Las manos de Raquel en su cintura. Sus ojos negros taladrándola a cinco centímetros. Sus labios carnosos y su aliento cálido hablándole al oído, diciéndole que se dejara llevar.

Rozó su clítoris, cada vez más rápido, cada vez más fuerte. Se imaginó besando a la morena, desnudándola, tocándola. No pasaron ni cinco minutos y se corrió precipitadamente. Estalló en pedazos que liberaron una tensión que no sabía que su cuerpo soportaba.

Se sintió tan liberada, tan vaciada, que rompió a llorar.

***

En las siguientes semanas se estableció una extraña rutina en su vida. Cada miércoles y viernes, Eva acudía a sus clases de salsa y bailaba con Raquel. Luego volvía a casa y se tocaba pensando en ella.

En un mes se había corrido más y mejor que en los últimos dos años. Puede que fuese un poco patético, pero tenía el humor por las nubes y se sentía guapísima.

El problema llegó cuando eso se le empezó a quedar corto. Ya no le bastaba dos horas a la semana con Raquel y un par de orgasmos en la ducha pensando en ella. Quería que fueran los dedos de la morena los que la tocaran.

Sin darse cuenta, empezó a buscar momentos a solas con su profesora: una charlita después de clase que se fue alargando hasta convertirse en una cerveza en el bar de al lado.

Durante esos encuentros, Eva había llegado a sentir una fuerte química entre las dos. Sin embargo, ninguna había dado ningún paso más. Puede que fuese la diferencia de edad.

En cualquier caso, se había mentalizado de que eso era algo que nunca iba a pasar.

Ah, pero un viernes, después de clase...

—Pelirroja, tú me has estado engañando, ¿verdad?

—¿Por qué lo dices?

—Tú ya sabías bailar de antes, ¿a que sí?

Eva dejó escapar una risita ante la cara de falsa indignación de Raquel.

—Di clases de baile cuando era joven.

—Cuando era joven, dice. ¿Y qué eres ahora? No tienes pinta de ancianita respetable.

—Soy una señora de mediana edad.

—Una señora de mediana edad que se mueve muy bien —dijo en un susurro y Eva sintió que el corazón se le salía por la boca—. De hecho, me gustaría ver lo bien que te puedes llegar a mover.

Casi escupió su cerveza. Raquel se rio ante su cara de susto.

—Creo que estás preparada para subir al nivel avanzado.

—¿Tú crees? —preguntó con ilusión.

—Claro. Solo tienes que pasar una última prueba.

—¿Una prueba?

—Sí. Los sábados voy a bailar al bar de salsa que hay en el barrio. ¿Quieres venir mañana?

Eva tragó saliva.

—¿A bailar? —Raquel asintió.

—A bailar conmigo.

—¿Y con Juanjo y los demás?

—No. Solo tú y yo.

***

Le había costado decidirse. O, mejor dicho, había intentado que le costara. Pero a quién quería engañar, esa niñata le gustaba más que comer con los dedos.

Se vistió con un ceñido vestido negro y sus zapatos de baile. Se maquilló y se recogió la melena en una coleta alta. Se sentía guapa, se sentía joven. Quería que Raquel se olvidase de que se llevaban once años.

Cuando llegó al bar y la vio apoyada junto a la barra, con un top rojo y una falda vaquera, le temblaron las piernas. Cuando se giró y la miró como si se la quisiera comer allí mismo, se hizo agua.

Raquel la recibió con dos besos en la comisura de los labios.

—¿Qué bebes? —le preguntó. A Eva no le pasó por alto el repaso que le hizo la morena. Sonrió satisfecha.

—Lo mismo que tú —respondió.

Pidieron dos mojitos, a los que siguieron otros dos. Y un par de chupitos. Y dos mojitos más. Puede que estuvieran las dos un poquito borrachas.

—¡Levanta el culo, pelirroja! Que hemos venido a bailar.

Bailaron una canción tras otra. Raquel agarraba firmemente la cintura de Eva, que se aferraba con fuerza a su hombro.

—Esto es una bachata —dijo Raquel cuando el ritmo cambió— y se baila mucho más cerca.

Eva se acercó, envalentonada por el alcohol, acabando con todo el espacio que había entre sus cuerpos.

—¿Así? —preguntó sin dejar de mirarla.

Raquel llevó las dos manos a las caderas de Eva y coló una pierna entre las de la pelirroja, que ahogó un jadeo.

—Así.

Comenzaron un balanceo suave, al ritmo de la música. Eva se atrevió a llevar las manos a la nuca de su profesora. Esta respondió bajando las suyas por su cadera hasta rozar el principio de su culo.

Eva apoyó la frente en la de Raquel, que hizo chocar su cadera contra la pierna que esta tenía entre las suyas.

Eva jadeó y Raquel sonrió. Siguieron bailando, tratando de seguir el ritmo mientras la profesora rozaba suavemente su pierna contra el centro de Eva. Esta, excitada, se acercó a su cuello y dejó un suave mordisco.

La morena frenó en seco sus movimientos. Eva levantó la vista, preocupada por si había ido demasiado lejos. Raquel la miraba con un deseo en sus ojos que la partió por la mitad.

Se abalanzaron con fiereza una sobre la boca de la otra. Se besaron con pasión. Raquel pidió permiso con su lengua y Eva abrió la boca, recibiéndola extasiada. La morena ya no rozaba el culo de su pareja de baile, lo amasaba, a manos llenas, apretando con la misma fuerza con la que Eva le tiraba del pelo de la nuca.

La canción terminó y se separaron. Se miraron con la respiración acelerada, excitadas, contentas.

Raquel fue la primera en hablar:

—Eres preciosa, pelirroja.

—Tú tampoco estás mal, morena. —Sonrió complacida.

—¿Dónde están tus hijos?

—Con su padre.

—Así que esta noche estás sola en casa...

Ahí estaba el momento que Eva llevaba tanto tiempo esperando.

—¿Quieres venir? —preguntó a bocajarro.

—Dios, sí —respondió besándola de nuevo.

Salieron del local entre besos y carcajadas. Eva estaba tan nerviosa como excitada y Raquel no dejaba de tocarla.

Tomaron un taxi. En el trayecto, Eva empezó a sentirse mareada.

Trató de controlar su mal cuerpo cuando bajaron del taxi y abrió el portal de su casa a duras penas. Subieron a trompicones, porque Eva apenas podía caminar recta.

Tuvo que abrir la puerta Raquel, mientras que Eva se tapaba la cara con las manos, sin dejar de repetir que solo estaba un poco mareada y que se le pasaría enseguida.

Caminaron hasta el sofá y se sentaron. Raquel acunó sus mejillas.

—¿De verdad que estás bien? —preguntó, preocupada.

Eva fue a responder que sí, pero tan pronto como abrió la boca, una arcada sacó todo lo que había tomado esa noche, desde lo más profundo de su estómago, directo al suelo.

Eva no dejó de disculparse mientras Raquel la ayudó a llegar al baño, donde vomitó varias veces más. Luego la desmaquilló, le lavó los dientes, le puso el pijama y la metió en la cama.

—Lo siento mucho —volvió a repetir, casi dormida.

—No te preocupes, Eva —la escuchó decir.

Mientras sucumbía al sueño, le dio tiempo a cagarse en su estampa por haber estropeado el polvazo de su vida.

***

Cuando abrió los ojos no sabía ni qué hora era, ni qué hacía la ventana de su habitación abierta de par en par. De pronto, recordó los acontecimientos de la noche anterior y una ola de vergüenza recorrió su cuerpo.

Una cría de veinticinco años había tenido que meterla en la cama.

«Raquel».

Instintivamente, la buscó al otro lado de la cama. Evidentemente, no había ni rastro de ella.

Justo cuando cerró los ojos para intentar dormir un rato más, escuchó ruido en la cocina. Se incorporó asustada y salió de la cama.

Cruzó la puerta de la cocina y se la encontró, con su top rojo y su falda de la noche anterior, descalza y despeinada, untando unas tostadas con mantequilla.

—Vaya, no pensé que te despertarías tan pronto después del chuzo que te cogiste anoche —le dijo, risueña—. Espero que no te moleste que haya hurgado entre tus cosas, pero me moría de hambre.

Eva se quedó paralizada.

—Pero pasa y desayuna, he hecho café para toda la semana.

Salió de su ensimismamiento y se sentó en una silla. Se sentía como si fuera ella la que estuviera en casa ajena.

Se sirvió café y Raquel le acercó una tostada con mantequilla y azúcar.

—¿Te has quedado toda la noche? —preguntó, por fin.

—Pues claro —respondió con obviedad—, no te iba a dejar sola con la que llevabas.

Carraspeó, abochornada.

—No hacía falta.

—No se dice así, se dice: «Gracias, Raquel, por quedarte conmigo y prepararme el desayuno».

Eva soltó una carcajada. Desayunaron en un silencio cómodo.

—¿Cómo te encuentras ahora?

—Pues la verdad es que bastante bien. No entiendo cómo se me pudo ir tanto de las manos —pensó en voz alta.

—Hombre, nena... a cierta edad el alcohol causa estragos —repuso Raquel, burlona.

Eva levantó una ceja.

—¿Me estás llamando vieja?

La morena sonrió con picardía.

—Un poquito solo.

Eva le dio en el hombro con el trapo de cocina.

—¡Oye, niñata! Anoche bien que querías follarte a esta vieja.

—Y todavía quiero —respondió muy seria.

Eva dejó de pasar el trapo por la mesa de la cocina y la miró, sintiendo de nuevo el calor subir por sus piernas. Raquel carraspeó, nerviosa.

—Quiero decir... no ahora. O sí. Lo que tú quieras. Que no me he quedado para eso. —Se estaba haciendo un lío y a Eva le estaba haciendo mucha gracia—. Solo quiero decir que me gustas.

Eva se acercó despacio y puso una mano en su cintura.

—¿Te gusto?

—Un montón.

Eva se aproximó a sus labios y dejó un beso lento, húmedo. Se apartó despacio, mordiendo su labio inferior. La morena parecía anestesiada.

—Tú a mí también.

Raquel salió de su ensimismamiento y se aproximó a ella, haciéndola chocar contra la encimera. Se lanzó a sus labios y se enzarzaron en un beso mucho más salvaje. Las manos de Eva viajaron al culo de Raquel, que se hundió en el cuello de la pelirroja. Raquel coló una pierna entre las suyas, impactando contra su centro.

Eva se rozó contra ella.

—Joder —gruñó Raquel sobre su boca.

—Vamos a mi habitación.

La llevó prácticamente a rastras. Hacía años que no sentía un deseo como aquel. Sentía su excitación chorreando por sus muslos.

Cuando llegaron, Eva la sentó en la cama. La morena se desnudó rápidamente y se abrió de piernas, dejando su coño brillante de excitación y completamente expuesto para ella. Se le hizo la boca agua.

Eva la miró desde arriba.

—Desnúdate —habló Raquel con voz ronca, demandante.

La pelirroja no pudo evitar obedecer. Sin dejar de mirarla, se bajó los pantalones del pijama. Raquel siguió el movimiento, mordiéndose el labio.

Retiró después su camiseta, dejando sus grandes pechos libres. Raquel dejó escapar un jadeo. Se incorporó de rodillas en la cama, quedando su cara a la altura de las tetas de Eva.

Cuando la morena llevó la boca a su pezón derecho y lo mordió, Eva empezó a gemir. Le besaba sus pechos con ganas, los mordía, bebía de ellos, famélica. Nunca nadie le había comido las tetas con tanta devoción.

La morena volvió a su boca, besándola con la misma pasión. A esas alturas, Eva era un pantano lleno, a punto de desbordarse.

Raquel le bajó las bragas de un tirón. Sin dejar de besarla, llevó una mano a su centro.

—Dios, estás empapada —exclamó.

—Tócame.

La morena comenzó a acariciar el clítoris de la pelirroja mientras ella, besando su cuello, se movía desesperada contra la mano de la morena.

—Despacio —susurró Raquel.

—Más —demandó Eva.

Raquel soltó una risita, dando suaves golpecitos en su clítoris.

—¿Tantas ganas me tienes, pelirroja?

—Desde que bailaste conmigo por primera vez.

La morena cogió la mano de Eva y la llevó a su propio centro.

—Pues mira las ganas que te tengo yo. —Eva hundió los dedos en su humedad y lo que encontró la terminó por volver loca.

—¡Joder! —dijo, empujando a la morena contra el colchón y trepando por su cuerpo. Se besaron las bocas, se acariciaron los pechos, el cuerpo.

Raquel hizo rodar sus cuerpos hasta situarse encima de la pelirroja. Se sentó a horcajadas sobre ella. Su coño depilado sobre los rizos rojo fuego de la otra.

Llevó su mano a su propio centro, mojó sus dedos y los llevó al coño de la pelirroja. Ese gesto excitó aún más a una Eva que se sentía al límite.

Raquel comenzó a moverse, mezclando sus fluidos. Eva la cogió por las caderas, invitándola a moverse más.

La morena jadeaba, no podía más.

—Fóllame, Eva —gimió.

Esta puso dos dedos sobre su abdomen y Raquel los montó. La vagina de la morena la acogió, apretada y caliente.

—Muévete.

—Joder —volvió a gemir, acelerando el movimiento de sus caderas.

Eva sumó el pulgar a la ecuación, acariciando el clítoris de Raquel, que embestía cada vez con más fuerza.

—Me voy a correr.

—Córrete, Raquel —suspiró, extasiada por la imagen de la morena sobre ella.

Como si esperara su orden, esta se corrió sobre su mano sin dejar de gemir.

Eva no sacó los dedos de su interior hasta que su orgasmo terminó y se tendió sobre ella.

La morena la besó en los labios con frenesí, recuperando la respiración.

—Eres increíble.

Eva negó con la cabeza, avergonzada.

—¿No me crees? —dijo Raquel—. Déjame que te lo demuestre.

Volvió a besar su boca lenta, tortuosamente. Siguió el camino por su cuello, el lóbulo de su oreja. La pelirroja se estremeció.

Raquel continuó el viaje hacia sus tetas, mordiendo con sus dientes y calmando el dolor con su lengua después.

—Dios —gemía Eva.

La morena no se detuvo. Siguió bajando con la boca por su vientre. Lamió su ombligo. Besó la cicatriz de su cesárea. Llegó al límite de su pubis y tampoco paró.

Abrió las piernas de la pelirroja y hundió la cara en su centro mojado.

Cuando Eva notó la lengua lamer su clítoris, sintió que se moría.

La morena siguió comiéndole el coño, recogiendo con su lengua toda la humedad que se escapaba de su hendidura, tomando el clítoris con sus labios y succionando.

En cuanto Raquel metió dos dedos dentro de ella, Eva se corrió. Se deshizo en espasmos descontrolados y gemidos sonoros.

La tomó por los hombros y la hizo subir hasta su boca. La besó, probando su sabor en ella. El beso más rico que había dado nunca.

Raquel se tendió a su lado. Exhaustas, se miraron.

—¿Te ha gustado, pelirroja?

—Mucho —respondió con una sonrisa.

—¿Tanto como para repetir?

Eva rio.

—Definitivamente, sí.

—¿Tanto como para repetir ahora?

—¿Ahora? —se sorprendió—, joder, dame un ratito.

Raquel se enroscó a su cuerpo.

—Se me olvidaba que ya no eres una jovenzuela.

—Zorra —le increpó Eva, a lo que Raquel respondió con una risotada que se cortó en cuanto sintieron unas llaves en la puerta.

—¡Mierda! —Se incorporó Eva.

—¿Qué pasa?

—Mi ex y mis hijos. ¡Joder!

—¿Qué hacemos?

—Métete al armario —le dijo, vistiéndose a toda prisa.

—¡Sí, hombre! No he estado en el armario en mi vida, no pienso meterme...

—Que te metas, coño. —La empujó dentro, aún desnuda, y cerró la puerta de su habitación, saliendo al pasillo cuando los niños y su ex ya estaban en el salón.

—Carlos, te he dicho mil veces que no puedes entrar a mi casa sin avisar. Las llaves son para una emergencia, no para que entres cuando te venga en gana.

—Era una emergencia. Es la una de la tarde y no venías a por los niños. Tampoco me cogías el teléfono. —Se fijó en su pijama y su aspecto desaliñado—. ¿Estabas durmiendo?

—Es que no me encuentro bien, algo me ha sentado mal —mintió—, de hecho, creo que es mejor que te quedes con los niños hoy, por si acaso.

—¡Joder, Eva! ¡Que tengo pádel! —lloriqueó.

—Y yo estoy perdiendo la salud por el ano. ¿Puedes hacer el favor de ejercer de padre y quedarte con tus hijos un domingo por una puta vez?

Carlos se quedó impresionado ante el arrebato de su ex.

—Está bien. Te los traigo mañana.

—Gracias.

En cuanto se fueron, salió disparada de nuevo hacia su habitación. Tenía el corazón en la boca, no le había dado tiempo ni a sentirse mal por no hacer caso a sus hijos, solo podía pensar en que tenía una mujer dentro del armario. «¡Qué dolor, qué dolor!».

De vuelta a la habitación, se encontró a Raquel, todavía desnuda, tumbada en su cama. Se incorporó con una sonrisa lobuna, acercándose coqueta hacia la pelirroja.

—Así que enferma, ¿eh? —le dijo, burlona.

—Un poco malita sí me he puesto —le cogió la mano y la llevó a su pecho—, mira cómo me late el corazón.

—Vamos a ver lo malita que estás. —Raquel llevó esa mano al borde de su pantalón y la metió bajo sus bragas—. Vaya, Eva, ¿estás mojada otra vez?

La aludida sonrió.

—Parece que te ha puesto muy cachonda hablar con tu ex mientras me tenías aquí escondida.

—Eres una niñata, ¿lo sabías?

Y empujó a Raquel de nuevo contra el colchón y se desnudó de cintura para abajo.

—¿Me vas a regañar?

Eva escaló por su cuerpo hasta situar su coño a la altura de la cara de la morena.

—Cállate —respondió, sentándose sobre su boca.

Igual sí que necesitaba pasarse todo el día en la cama.

Nos encantaría saber qué te ha parecido este libro.
¿Nos lo cuentas?

𝕏 LESeditorial
⦿ les_editorial
f LESeditorial

www.leseditorial.com
info@leseditorial.com

www.ingramcontent.com/pod-product-compliance
Lightning Source LLC
LaVergne TN
LVHW010527200726
843506LV00013B/2728